EL PASAJE DE LOS PANORAMAS

100% SOSTENIBLE
100% RESPONSABLES
100% COMPROMETIDOS

ASÍ HEMOS HECHO ESTE LIBRO

Salvo casos excepcionales, trabajamos con una empresa papelera que funciona con biocombustibles locales y se abastece de los bosques cercanos, que gestiona de forma estrictamente sostenible. Ha implantado voluntariamente el Reglamento de la Unión Europea de Ecogestión y Ecoauditoría, y WWF la considera una de las fábricas más sostenibles del mundo.

Allí fabrican el papel interior y exterior con el que se ha hecho este libro, con unas emisiones certificadas de 365 kg de CO_2 por tonelada de papel: un 50 % menos que la media europea y un 75 % menos que la media española. En otras palabras: uno de los papeles más sostenibles del mercado (además de tener las certificaciones FSC, PEFC, ISO9001, ISO14001 y EU Ecolabel).

Uno de los mayores problemas ecológicos a la hora de fabricar papel (y de hacer libros) es el consumo de agua: la media europea está entre 10 y 15 litros por kilo según la European Enviromental Agency. La fabricación del papel interior y exterior de este libro ha consumido sólo entre 3 y 4 litros.

Queremos eliminar todos los materiales de origen fósil de nuestros libros y de nuestro trabajo. Por eso este libro no está plastificado (si lo estuviera, su tirada habría consumido más de 500 m^2 de plástico).

El transporte del papel desde la empresa papelera hasta la imprenta se hace, en buena medida, en trenes de larga distancia, e imprimimos a menos de 300 km de nuestra oficina, todo lo cual nos permite reducir notablemente las emisiones contaminantes.

Una vez fabricados los libros, los envíos que dependen de nosotros se realizan mediante una mensajería ecológica: el 100 % de las recogidas y buena parte de las entregas se hacen andando o en bici. Para las entregas que no se pueden hacer sin medios motorizados hemos elegido a la mensajería con el plan de reducción de emisiones más ambicioso para 2025.

Toda la energía utilizada para editar este libro es 100 % energía verde renovable y certificada. Además proviene de una cooperativa de la que nuestra editorial es miembro, de modo que consumimos la energía que previamente producimos en instalaciones solares, eólicas o de biomasa.

Todos los recursos económicos utilizados para editar este libro estaban depositados en la banca ética, y allí llegarán también los beneficios (¡esperemos que los haya!). De este modo garantizamos que este dinero sólo revertirá sobre proyectos sostenibles, con un interés social, cultural y medioambiental, sin inversiones en la economía de las energías fósiles.

Si quieres más información sobre estas cuestiones puedes leer el apartado «Compromisos» de nuestra página web o escribirnos a info@erratanaturae.com.

VIRGEN JURADA

ELVIRA DONES

PREFACIO DE ALANA S. PORTERO

PRÓLOGO DE ISMAÍL KADARÉ

TRADUCCIÓN DE LA NOVELA DEL ITALIANO
DE REGINA LÓPEZ MUÑOZ

TRADUCCIÓN DEL PRÓLOGO DEL ALBANÉS
DE MARÍA ROCES GONZÁLEZ

errata naturae

PRIMERA EDICIÓN: marzo de 2025
TÍTULO ORIGINAL: *Vergine giurata*

Cofinanciado por el
programa Europa Creativa
de la Unión Europea

C/ Sebastián Elcano 32, oficina 25
28012 Madrid
info@erratanaturae.com
www.erratanaturae.com

ISBN: 978-84-19158-91-8
DEPÓSITO LEGAL: M-3865-2025
CÓDIGO IBIC: FA
IMAGEN DE PORTADA: © Anna Higgie
MAQUETACIÓN: N. Moreno
IMPRESIÓN: Kadmos
IMPRESO EN ESPAÑA – PRINTED IN SPAIN

ÍNDICE

LA FRONTERA HUMANA

Alana S. Portero

> *Ser travesti es:*
> *desaparecer para existir.*
> ROBERTA MARRERO

«Se convirtió en la tumba de sí misma, se transformó en hombre», así describe Elvira Dones el momento exacto en que Hana, la protagonista de *Virgen jurada*, pasa a ser Mark, el heredero de los Doda, el sobrino del tío Gjergj, el hombre de la casa. Morir para poder vivir.

Dice Susan Stryker que vivimos en una cultura a la que le encanta preservar la ilusión de que los límites están fijos en su lugar, pero que éstos se mueven constantemente. ¿Están en la piel? ¿En la ropa? ¿En el honor? ¿En las leyes? ¿Somos dueñas de los nuestros? ¿Los colocamos donde queremos o nos vienen dados? ¿Son todos materiales? ¿Responden siempre a nuestros deseos, necesidades o esperanzas? ¿Los conocemos todos? *Virgen jurada* es una novela sobre la imposibilidad de definir los contornos propios en su totalidad sin que la definición de unos suponga la pérdida del control sobre otros.

Traslademonos a las Montañas Malditas, una región en el norte de Albania que rodea el lago Skutari y tiene frontera con Kosovo, Montenegro y el Mediterráneo, y que se ha ganado su nombre por la crueldad vivida en las luchas contra el Imperio otomano y por las venganzas de sangre que rigen las relaciones entre los clanes que allí sobreviven. En las montañas se observa el Kanun, un compendio de leyes tribales que se ha transmitido por vía oral de generación en generación, al menos desde el siglo XV —hasta el siglo XIX no se puso por escrito—, pero cuyo origen real se pierde en el turbulento pasado de la región. Probablemente de origen pagano, fue ganando cuerpo añadiendo costumbres ilirias, bizantinas y musulmanas. El honor patriarcal y clánico es el espíritu primero y último que da consistencia a estas leyes. Su preservación justifica todo lo demás: herencias, matrimonios y derramamientos de sangre. El papel que el Kanun ha reservado históricamente a las mujeres es el de siervas silenciosas que deben confiar en que el destino las bendiga con un marido algo menos dispuesto a ser un reyezuelo tiránico en su hogar. No tienen derecho a la herencia, ni a participar en las ágoras del clan en las que se toman decisiones, aunque hacen el trabajo pesado dentro y fuera del hogar.

El Kanun, las tradiciones patriarcales milenarias, en el presente va disipándose lentamente; pese a que las cumbres están lejos y los caminos son difíciles, cierta liberación acaba por llegar y los antiguos usos mueren, aunque lo hacen alargando su agonía más de lo debido y no con toda la contundencia que deberían. Los montañeses son orgullosos; tantos siglos como el Kanun tiene el desdén del resto del país para con ellos. Se los considera indomables, salvajes, violentos y brutales y, cuando el desprecio se enquista, se convierte en una profecía autocumplida:

qué otra cosa puede hacerse contra quien te ve como un animal peligroso que terminar comportándote como tal; si no van a respetarte, al menos que te teman. En ese espíritu de resistencia y honor podemos empezar a ubicar una parte de la historia de Hana. Su elección. La narración de sus límites y cómo decide defenderlos en la soledad de las Montañas Malditas.

BURRNESHA. VIRGEN JURADA

Existe, en las regiones que responden ante el Kanun, una figura extraordinaria, la *burrnesha* o virgen jurada. Una mujer que tiene derecho a heredar, esquivar un matrimonio concertado y, en definitiva, ser más dueña de su propio destino, si jura públicamente mantenerse célibe y adoptar una identidad masculina hasta el fin de sus días. Es decir, ser un hombre a casi todos los efectos. Tal decisión no sólo no es vista con vergüenza alguna por las familias y los clanes, sino que es un evento que enorgullece a todo el mundo y que se celebra prácticamente como el nacimiento de un varón.

La tensión entre las renuncias y los privilegios, quizá la más política de las discusiones que se tienen en torno al género, se despliega en toda su complejidad en este caso. Ese desaparecer para existir que escribía la Marrero.

¿Son todas las vírgenes juradas masculinidades natas que aprovechan la ley de las montañas para vivir acorde a quienes son y han sido siempre? Probablemente no. La perspectiva de una vida de servidumbre y sometimiento a un marido que pasará la mayor parte del matrimonio dando órdenes sentado a la puerta de la *kulla*, bebiendo *raki* y fumando hasta consumirse parece motivo más que suficiente para renunciar a la propia feminidad y a la compañía. El género es otro de esos límites que se nos escapa y que damos por sentado —para permanecer en él o para salir en su busca— sin entender que todo un sistema de castigos y recompensas opera en la construcción del mismo. No hay decisión humana libre y el género no escapa a esas lógicas. En la cuestión de quiénes somos o quiénes vamos a ser, la respuesta a menudo es simplemente: lo que nos haga sentir un poco más en paz.

Durante toda la narración sobrevuela una pregunta: ¿por qué Hana decide convertirse en Mark? Hana pierde a sus padres muy pronto y es criada por sus tíos. Tiene suerte, no sólo son un matrimonio que se quiere de verdad; el patriarca, el tío Gjergj, resulta ser un buen hombre que equilibra perfectamente su orgullo montañés con el cuidado atento de su familia. Quiere para ella una vida mejor, pues algo que no puede extraerse de la idiosincrasia montañesa es la pobreza. Éste es otro de los límites fundamentales puestos en tensión de forma magistral en esta novela, el material, el de clase. A menudo se utiliza el folclore, la leyenda sanguinaria y la caricatura de lo bestial de los montañeses para ocultar una historia de abandono. Lo que pone de acuerdo a imperios, teocracias y al régimen comunista es la negligencia con los clanes de las Montañas Malditas, que deben sobrevivir en una tierra hostil criando algún ganado, tratando de ser autosuficientes y limitándose a aguantar kalashnikov en mano. Un carácter desconfiado y belicoso no sólo no se apacigua, sino que se alimenta en ese ninguneo material y administrativo. Quizá fue antes el descuido de las autoridades que la cerrazón de las montañas. Quizá son el producto perfecto del desamparo.

Hana, animada y respaldada por sus tíos, sale de las montañas y estudia en la universidad, tiene una vida lejos del Kanun y nadie que tire de ella de vuelta más allá de las circunstancias. Disfruta del privilegio urbano, de los recursos de la civilización, donde se la considera una montañesa en proceso de reforma pero que se adapta. Vive en la residencia universitaria, tiene amigas, estudia una carrera que le maravilla y empieza a conocer algo parecido, si no al amor, sí al enamoramiento. Cuando el límite de la vida en las montañas casi ha desaparecido y Hana se va reconociendo en las anchuras de la capital, algo sucede que le hace decidir volver a Rrnajë, su aldea, y tomar la decisión de transformarse en Mark. Los motivos los descubrirá el lector. Es el viaje vital de Hana / Mark el que nos ilusiona, confunde, frustra y pone a prueba. Es inevitable preguntarse qué hubiéramos hecho en su lugar, qué configuración de renuncias y privilegios preferiríamos. En las montañas, Mark disfrutará del privilegio de la masculinidad, será incontestable, pero su mundo será muchísimo más estrecho y solitario que el de la Hana que vive en Tirana, estudia Literatura e imagina viajar a París o a Nueva York. Esa danza de límites, esa tensión entre realidades, obligaciones, deseos, frustraciones y libertades, compone la espina dorsal de la novela, y Elvira Dones hace que parezca sencillo algo que a la mayoría se le hubiera escapado de las manos.

Virgen jurada tiene todos los elementos para caer en la sentimentalidad, en el panfleto o acomodarse en un antipático tono ensayístico, y no lo hace. Bien al contrario, transita terrenos que emparentan con lo oral, con cómo se imagina una que las historias se transmiten en las montañas, para que se recuerden siempre y signifiquen algo importante.

DESANDAR EL CAMINO, VOLVER A LA VIDA, NO SALIR INDEMNE

> *Quiero parecerme a lo que soy pero no sé qué aspecto tiene alguien como yo. Es decir, quiero que, cuando alguien me mire, piense: ahí va una de esas personas que tiene su propia idea de la felicidad. Eso es lo que quiero.*
>
> LOU SULLIVAN

La novela comienza en el aeropuerto internacional de Washington. Mark deja las montañas atrás y debe atravesar otro límite, el fronterizo —en el que el privilegio pasa a ser un obstáculo— para desandar sus pasos e intentar reencontrarse con Hana. Lo que le protege en Rrnajë le desnuda en la frontera. En ellas nos encontramos con la identidad suspendida, como si la arrojásemos al aire esperando que salga cara. En las fronteras dependemos de la documentación, que a menudo no dice nada de quiénes somos realmente también de la voluntad de los agentes que las guardan, de cómo nos ven, de qué deciden ver. Por último y sobre todo, de las leyes, que suelen presuponer en el otro un enemigo, una célula cancerígena que pone en peligro a la nación-cuerpo. En las fronteras no somos nadie más que lo que otros deciden que seamos. Las fronteras suelen ser malpensadas.

La muerte, mejor dicho, la inevitable disolución de Mark para que Hana regrese, es la parte más desafiante y honda de la novela. Con este planteamiento empieza y sirve de impulso para contarnos la historia completa. De alguna manera, *Virgen jurada* es la historia de Mark narrada desde su acabamiento, desde su lenta y compleja agonía. La deslocalización de la virgen jurada, Mark fuera de las montañas, extrae lo que la mirada colonizadora del lector puede interpretar como folclore, pues se corre el peligro de considerar el asunto de las *burrneshas* una mera manifestación exótica —qué palabra cruel— de la vida, un espantajo de la tradición balcánica comparable a las danzas de máscaras o los bailes regionales. Y no es así. Al situar a Mark / Hana en un no-lugar como un aeropuerto, le vemos más claramente, percibimos su soledad porque de repente se parece, quizá, a la nuestra. En Estados Unidos percibimos su desorientación, la erosión de sus años de muerte en vida. En un decorado que nos es familiar, que nos iguala, su viaje vital se traduce a un código que entendemos perfectamente.

Mark / Hana es la última de los suyos en las montañas y decide irse a Estados Unidos con su prima Lila, el único vínculo que le queda en la vida. Ya no hay clan que honrar en Rrnajë; además, por el tiempo que le ha tocado vivir, es una de las últimas *burrneshas*, la cuestión de los límites se manifiesta en toda su complejidad en él / ella. Los atraviesa personales y los atraviesa culturales. En muchos sentidos, la vida de Mark / Hana es una vida liminal, una en la que la inexistencia es el último límite que atravesar, o del que volver. Situar una narración en un terreno tan difuso es de una valentía notable; cuando lo primero que necesita una novelista para trabajar cómoda es un suelo firme que pisar, aquí el suelo es la duda, convertirla en un cimiento fiable es una de las grandes proezas de Elvira Dones. Otra radica en que no nos ahorra desorientarnos junto a Hana, y con esa niebla vital en la que nos sumerge, nos obliga a mirarnos con detenimiento y a hacernos preguntas a través de la mirada resurrecta de la protagonista, casi de niña, una mirada inaugural de las cosas que contiene una emoción y un pulso literario delicadísimos. ¿Quién eres, lector? ¿Qué sacrificios estarías dispuesto o dispuesta a hacer? ¿Por quién? ¿Para qué? ¿Cómo se vuelve a casa? ¿Qué queda dentro de ti de lo que fuiste?

Suele decirse, con muy mala intención, que las mujeres trans, antes de realizar nuestra transición de género, hemos disfrutado de una vida de privilegio y que llegamos a la feminidad desde una posición colonizadora. Esto, aparte de una crueldad, es mentira. En la historia de Mark / Hana vemos un ejemplo maravilloso y literario de la futilidad de definir límites y privilegios desde fuera. Los años masculinos de Hana sólo puede definirlos él / ella. Que el lector decida al leerlos si son merecedores de llamarse privilegio, acaso vida; si fumar sentado a la puerta de la *kulla* es realmente un símbolo de libertad, y sobre todo, si la vuelta atrás es un descenso desde el privilegio a la opresión. Cuando tomas la decisión de negarte a ti misma para sobrevivir, cada paso dado deja una herida que no cicatriza nunca, aunque sean pasos dados en primera clase, en la cima de la pirámide. Da igual que sea una supervivencia puramente emocional o definitivamente física. La violencia es violencia aunque sea silenciosa, aunque parezca seguridad, aunque sea autoinfligida, no hace falta negar el patriarcado para defender tal verdad tallada en carne.

Nada de lo que somos, de quienes somos, podemos definirlo a solas. La intimidad no es un asunto privado, aunque esto suene a oxímoron; el odio, la violencia, el amor, el deseo, el espacio que habitamos nos construyen. Somos producto de la colectividad que nos rodea y que nos atiende o nos desatiende. La historia de Hana ejemplifica de un modo muy hermoso cómo la intervención de los demás, su amor, sus cuidados y su interés, nos moldea. La sociedad a merced del viento y el Kanun talla aristas en sus hijos y sombra en sus hijas para protegerlos del abandono al que llevan siglos sometidos. No es justo, pero es efectivo. Del mismo modo, manos suaves, palabras amables y cuidados diarios intentan no sólo limar esas aristas de la montaña, sino también mostrar el camino de vuelta a una mujer que se convirtió en hombre. Que desapareció para existir.

No se me ocurre un viaje vital y literario más complejo, poético y apasionante. *Virgen jurada* es una confluencia de vidas, tradiciones, rupturas y emociones urdidas con la habilidad de una tejedora vieja que compone un tapiz en el que está representado casi todo lo que nos hace humanos. Gracias a Elvira Dones por este regalo, a Regina López Muñoz por una traducción clara y limpia como el agua y a Errata naturae por traernos las montañas al salón de casa.

Disfruta del viaje, lector. Y que las dudas te acompañen.

En Madrid, a 21 de enero de 2025

PRÓLOGO

Ismaíl Kadaré

Elvira Dones es una de las autoras albanesas de mayor relevancia del momento. Sorprendente, brillante, sin complejo alguno ante cualquier tipo de tabú, se siente a gusto tanto en las letras albanesas como en las europeas. Mas no precisamente por el hecho de que escriba en dos idiomas, albanés e italiano (una tradición que se remonta al medievo tardío, pues, al estar prohibida por los otomanos la escritura en albanés, los autores usaban como segunda lengua el latín), sino porque su concepción del mundo y su arte se hallan en armonía con ambos.

Su novela *Virgen jurada* narra un asunto en apariencia exótico, pero enlazado con uno de los paradigmas más antiguos de la humanidad: el doble, la metamorfosis del ser humano. Hana, una atractiva joven de nuestro tiempo, personaje central de la novela, acepta, voluntariamente, ¡«convertirse en hombre»!

Estamos frente a una antigua y extrañísima costumbre albanesa que ha llegado hasta nuestros días. Por diversas causas, como la falta de un varón en el clan familiar, o la amenaza de la violación, como en el caso de Hana, etcétera, se permitía un «giro» de semejante envergadura, es decir, que una joven pasara de la condición femenina a la masculina. Ganaba con ello todos los derechos y libertades que asisten al hombre: comportamiento, modo de vestir, participación en los consejos, e incluso asistencia a la taberna y al café y consumo de alcohol y tabaco. Bajo una condición: la preservación de la virginidad.

Costumbre ésta que resulta contradictoria, paradójica e inclasificable, pues conlleva una evidente dimensión surrealista: presenta la pérdida como privilegio, mientras ofrece el sometimiento bajo la máscara de la libertad.

El personaje de la novela sufre toda la desazón propia de esta aterradora metamorfosis, al modo de una actriz del teatro antiguo en un inusual papel que se precipita febril hacia el epílogo.

VIRGEN JURADA

A mi hija Iuna

Y de nuevo, inmensa
ilimitada, se reanudará
la vida, sin ojos, sin palabra,
sin pensamiento.

NÂZIM HIKMET,
«El rayo está cargado de miel»

1.
OCTUBRE DE 2001

—Conque es usted poeta, señor Doda —observa el compañero de viaje que durante siete horas ha ocupado el asiento contiguo al de Hana en el avión.

La cola de pasajeros ante el control de pasaportes del aeropuerto internacional de Washington es una serpiente agotada.

—No exactamente —responde ella, procurando sonreír.

—Pero escribe poemas, si no he entendido mal.

No se escriben buenos poemas con la vulva seca, dice Hana para sus adentros. Mira para otro lado. Una mujer se retoca el pintalabios, su hombre la mira con una pizca de desagrado, dando golpecitos al pasaporte. Ella cataloga la escena como «hombre desenamorado, mujer ingenua, tregua conyugal a punto de vencer».

No se escriben buenos poemas con la vulva seca, repite para sí con irritación. ¿Por qué diablos habrá tenido que contarle que escribe? El tipo no le quita ojo. Es inútil, piensa ella, jamás lo conseguirás, tu cerebro de hombre ilustrado nunca lo adivinaría. Hana se alisa la ropa masculina. La chaqueta le va holgada, aunque no demasiado.

Su vecino de asiento la había escudriñado con la misma curiosidad también durante el vuelo.

—Tenga mi tarjeta de visita —le dice—, por si necesitase cualquier cosa, información sobre la capital, algún consejo. Cuando no estoy dando tumbos por el mundo o en la casa de Ginebra, paro en Washington. En definitiva, llámeme cuando quiera, señor Doda, será un placer ayudarlo.

El hombre se concentra en su maletín. En sus zapatos. En encender el teléfono móvil. «Perdone», se disculpa en voz baja. Hana lee el nombre de la tarjeta: PATRICK O'CONNOR. O sea, de origen irlandés. Sonríe. Madre mía, piensa, cómo nos reconocemos la gente de campo.

Nota que le pica el pecho izquierdo. Intenta rascarse sin usar la mano. Sus pechos llevan un año haciéndose notar, desde que recibió la *green card* estadounidense y decidió emigrar. No consigue aliviar el picor.

—Señor Doda —la interpela de nuevo Patrick O'Connor, señalándole con un ademán de cabeza la angosta garita del agente de aduanas.

La fila ha avanzado. Hana empuja la maleta de mano con un leve puntapié. Los zapatos marrones a ambos lados parecen dos oseznos en hibernación.

—¿Cuál es el motivo de su visita a Estados Unidos, señora Doda? —pregunta el agente al tiempo que abre el pasaporte.

Es tarde para volver atrás. En el pueblo saben que se ha marchado con un pasaporte de mujer en el bolsillo.

El pueblo observaba con ojos atentos y penetrantes. Tomó nota también de cómo iba vestido el día de la despedida, aunque sin hacer comentarios. Eran tiempos oscuros, nadie tenía energía para malgastar; la gloria de antaño se había desvanecido bajo los ladridos y los excrementos de los perros vagabundos. Conglomerado de historia, susurros de gánsteres que se hacían pasar por honorables forajidos, atardeceres que se demoraban por miedo a ser descuartizados por la muerte.

Patrick O'Connor —ahora impaciente, con el ritmo de la vida moderna impreso en la mirada— le tiende la mano.

—Ha sido un auténtico placer hablar con usted. Lástima que todavía no tenga un número de teléfono estadounidense. Quizá podamos volver a charlar otro día antes de que yo regrese a Albania. Llámeme si le apetece, se lo digo en serio. Bueno, mucha suerte.

Hana le estrecha la mano con timidez. Le da un poco de pena despedirse de este hombre que durante siete horas ha sido su red de seguridad allá arriba, en el cielo. O'Connor ha pasado una parte del vuelo aporreando las teclas de un precioso ordenador portátil blanco con el dibujo de una manzana mordida en la tapa. Qué objeto tan bonito, había pensado ella. Y luego se pusieron a hablar. Era un gran conversador y, sobre todo, una persona campechana.

—¡Marque ese número de teléfono, insisto! —grita O'Connor por última vez mientras se aleja—. Seguro que lo necesitará.

Hana deja atrás el primer control de pasaportes y exhala un suspiro de alivio. La guían hacia una sala para tramitar otras formalidades, una habitación con paredes de pladur. Con su escaso vocabulario le cuesta armar las respuestas a las preguntas del agente, pero él es paciente y Hana lo agradece.

—Bienvenida a Estados Unidos de América, señora —le dicen al final—. Por nuestra parte, nada más. Puede marcharse.

Se mete corriendo en el aseo y se precipita hacia un lavabo. El rostro del espejo es anguloso. Hana desvía la mirada y la dirige hacia un hombre que aguarda para entrar en uno de los cubículos. Otros, desenvueltos y con prisas, se alivian en los urinarios. La puerta se abre y se cierra conforme al ritmo irregular de las pisadas de los viajeros.

Hana respira hondo con la esperanza de dominar el pánico. La familia la espera en la terminal de llegadas. Están la prima Lila con su marido, Shtjefën; la hija de trece años de ambos, Jonida —a la que vio recién nacida—; y más gente del pueblo emigrada años antes, «orgullosamente americanos», como le han escrito en sus cartas de gramática pobre. Vienen desde distintos puntos de un estado llamado Maryland, y desde Virginia, y desde Pensilvania, y también desde otro estado que se llama Ohio.

Hana ha dedicado bastante tiempo a estudiar el mapa de Estados Unidos, pero su imaginación claudicaba ante unas dimensiones tan irreales. Es un país inmenso, y ella vivía en un pueblo de doscientas ochenta almas.

Sal ya, se dice a sí misma casi en voz alta. Sal y sé un hombre.

Es lo que espera el clan. Quieren ver lo mismo que dejaron atrás cuando se marcharon: un joven encanecido por el peso del deber, un pariente muy querido, aunque excéntrico. La llegada de Mark debería retrotraerlos a las montañas, al olor del estiércol, al chasquido de las armas, a la traición, los cantos, las heridas, la bestialidad, las flores, a la seducción de los caminos rurales que te invitan a tirarte por los despeñaderos, al amor.

Ahuyenta estos pensamientos. El baño del Dulles International Airport es muy real y concreto, y, sin embargo, ella se siente por completo ajena. Hace falta un buen par de testículos para enfrentarse a todo esto, piensa, un par de testículos que ella no tiene. Y más aún. ¿Por qué testículos, por qué? ¿Por qué yo?

Sal de estos baños, se dice, ¡sal de aquí, maldita sea!

—¿Necesita algo, señor? —pregunta una voz a su izquierda.

Se vuelve. Es un chico de unos catorce años. Quizá incluso quince o dieciséis.

—¿Está bien? —insiste en un inglés que a ella le resulta familiar.

Hana traga saliva, sonríe, endereza el torso apoyado en el lavabo. Dice que está bien, da las gracias, casi parece disculparse.

El joven la observa, menos convencido aún que antes. Un hombre —debe de ser el padre, el parecido es evidente— sale de uno de los cubículos, se acerca y le pone una mano en el hombro a su hijo.

—¿Todo bien, Hikmet?

El chico no tiene en absoluto cara de turco, ni de árabe; es casi rubio. El semblante del padre, en cambio, es liso pero de marcadas facciones morenas.

—Este señor no se encuentra bien —responde Hikmet.

Hana niega con la cabeza y dice:

—¿Hikmet? Qué nombre tan bonito. Es turco, ¿verdad?

El malestar del desconocido no preocupa al hombre.

—¿Cómo lo sabe?

—Soy albanés.

Durante un segundo el otro evalúa, concede un ápice de efímera confianza gracias a la palabra «albanés», pero enseguida se impone de nuevo la duda.

—*Arnavut* —dice en turco.

—*Albanian* —confirma Hana.

—Nosotros vivimos en Londres. Vengo a menudo a Estados Unidos por trabajo y esta vez me he traído conmigo a Hikmet.

Ella no sabe qué responder. La pobreza de su inglés la paraliza. El chico está casi en la puerta.

—Entonces está bien —sentencia el hombre, desechando los signos de interrogación.

Hana asiente.

—Mucha suerte.

—Igualmente.

Padre e hijo salen.

Pasa otro rato hasta que se decide a hacer frente a los suyos. Sale de los aseos como un condenado a muerte, como un idiota en un instante de lucidez.

Varios pares de brazos hacen aspavientos en el aire, oye una voz femenina gritar: «¡Tío Maaaaark!». El ojo capta la amenazante cola de un pastor alemán que un tipo de uniforme lleva con correa. Se le echa encima su prima Lila. Se ve atrapada en un torbellino de agitación.

—Hola, prima —saluda Hana—. ¡Aquí estamos!

—Pero ¿dónde estabas? ¿Dónde te habías metido? ¡Creíamos que te habían denegado la entrada, qué susto!

—¿Y eso por qué?

—¡No sé! Porque todos los pasajeros del vuelo de Zúrich han salido hace ya un rato.

—*Tungjatë, bre burrë*[1] —saluda Shtjefën Dibra, el marido de Lila, dándole un enérgico abrazo.

—*Tungjatë, Shtjefën.*

—Tío Mark, yo soy Jonida, ¿me reconoces?

—¡Cuánto has crecido, Jonida!

Piden café para todos, en vasos de plástico. Es un café triste con un sabor vagamente cenagoso.

En un par de ocasiones Hana ha bebido uno similar en Shkodër, donde los camareros hacen que el producto cunda más adulterándolo; porque hoy puedes abastecerte con mercancía procedente del otro lado de la frontera, de Montenegro o Kosovo, y mañana quizá ya no. En la capital, Tirana, sí que hay de todo, pero Tirana queda lejos, es una noción escurridiza.

[11] En un pequeño glosario final se explican los términos en albanés que aparecen en la novela. (N. de la T.).

Jonida se come a Hana con la mirada. Bebe un zumo de naranja haciendo mucho ruido al sorber y Lila la regaña.

—Ahora lo entiendo, tío Mark —suelta en un momento dado.

—¿El qué?

—Lo de que eres superraro.

—¿Ah, sí? —Hana sonríe. Lila niega con la cabeza como para pedir perdón. Shtjefën se pone tenso.

—Pues sí —continúa la chiquilla con su ataque—. Parece que la ropa te la hayan prestado. Aquí en América nadie usa prendas tan extrañas. Y no tienes barba.

—Jonida, cierra la bocaza de una vez —le suplica Lila—. Pero ¿se puede saber en qué estás pensando? Mira que te he pedido que te comportes…

—Como sigas tocándole las narices, el tío da media vuelta y se va —amenaza Shtjefën sin mucha convicción.

Jonida se echa a reír, se encoge de hombros, libre y testaruda. Uno de los parientes, Pal, suelta un sonoro eructo; a su mujer, Sanija, le suena el teléfono.

—No puede irse a ningún sitio —replica Jonida—, y deja de hacerte el sabihondo, papá. ¿Con qué dinero se iba a volver, eh? Con lo caro que es el billete…

Suelta otra carcajada. Dos hoyuelos maravillosos se le marcan en las mejillas. Es guapísima, muy distinta de como Hana la había imaginado.

—¿Verdad, tío Mark, que no tienes dinero para volverte a Albania?

—Verdad.

—¿Verdad que Shkodër ahora es feo con avaricia?

—Eso también es verdad.

—¿Verdad que en nuestro pueblo la mitad de los vecinos se han ido al extranjero, como nosotros?

—Sí, así es.

—¿Verdad que el norte es la región más pobre de Albania?

—Por desgracia.

—¿Verdad que no tienes barba?

Sanija se levanta y se aleja para terminar su llamada. Lila se sonroja, a Shtjefën se lo llevan los demonios. Pal refugia la mirada en sus uñas mordisqueadas. El primo Nikolin y su mujer, Rudina, son dos estatuas de piedra.

Hana trata de cambiar de tema.

—Cuántas cosas sabes de tu país, ¿no?

—Internet. ¿Sabes lo que es internet?

—Me hago una ligera idea, sí.

—Pero ¡es que no tienes barba!

—No, no tengo.

Las mujeres la escudriñan en silencio pero sin recato. Lila sonríe y murmura a su prima unas palabras de aliento evitando pronunciar su nombre, a pesar de que por teléfono y en las cartas siempre la ha llamado «mi querida hermana Hana».

Ya se ha tranquilizado. Los parientes no la incomodan, era el limbo de la espera lo que la descomponía.

—En casa he preparado pilaf de pollo y una tartita de chocolate —le susurra Lila—. Es un postre típico aquí —añade con orgullo.

Aguarda los cumplidos de Hana, que musita algo así como: «Ah, mira qué bien».

—Dormirás en la cocina, tío Mark —la informa Jonida—. Así que cada vez que papá se levante en medio de la noche a fumar y a comer te desvelarás.

—Sí, Shtjefën tiene horarios raros. A veces se va a trabajar a las tres o las cuatro de la mañana, un lío, por eso no duerme como cualquier hijo de vecino, y por eso se levanta y le da por comer y fumar. Estaremos un poco apretados, ya te lo dije por teléfono, pero tú no tienes que preocuparte por nada.

¿Qué impresión le habré dado?, se pregunta Hana a la vez que apaga el cigarrillo. Observa a madre e hija; no se parecen en nada. Lila ha engordado, pero sigue siendo guapa de cara. Rubia natural, ojos de un azul cristalino, alta y robusta, dientes estropeados, como la mayoría de los albaneses. Jonida tiene una mirada oscura y cálida, pelo largo con la raya en medio, cejas pobladas y curvas, boca grande, nariz recta, frente hermosísima.

—Bueno, Mark, ¿nos vamos, hermano? —propone Shtjefën—. Con el tráfico que hay tardaremos casi una hora en llegar a casa, y tú estarás cansado por la diferencia horaria. Además, ya casi es hora de cenar.

—Yo, lo que vosotros digáis.

—De todos modos nos vemos el domingo para cenar en condiciones —tercia Pal—. Lo de hoy ha sido sólo para darte la bienvenida, y nosotros tenemos que...

Durante el comunismo, Pal era el maestro de la escuela primaria del pueblo. Le queda aún en la voz un deje nasal y pedante. A Sanija y Rudina, las mujeres de los dos primos, Hana las ve hoy por primera vez. Seguro que ya conocen su historia y se mueren de ganas de acribillarla a preguntas, pero son conscientes de que no es ni el momento ni el lugar más adecuado.

Hana no es capaz de apartar la mirada de Jonida. La chiquilla le guiña un ojo.

—Tío Mark, eres el hombre más ridículo que he visto en mi vida —sentencia poniéndose de pie.

—¡Jonida! —exclama Shtjefën—. ¡Hasta que lleguemos a casa no quiero que abras la boca!

—Vale, papá.

—Es una orden, por si no ha quedado claro.

—Ha quedado claro, Shtjefën —interviene Lila, conciliadora.

—Perdona, papá.

—Es a tu tío al que tienes que pedirle perdón, no a mí.

—Perdona, tío.

—Perdóname, tío Gjergj —le imploró Hana—. Por favor.

Él, sin levantar la cabeza, se limitó a emitir un gruñido osuno.

—Apártate de mi vista —farfulló a continuación.

Y ella salió de la habitación temblando. Perdóname, le rogó de nuevo para sus adentros, sin saber siquiera por qué estaba pidiendo perdón.

Los demás se han marchado. Se han despedido con el gesto típico del norte, juntando las frentes por un segundo, apoyando la mano izquierda en el hombro de Hana y pronunciando con solemnidad la fórmula: «¡Que conserves la salud, hombre!», tras lo cual se ponen en marcha también los Dibra con Hana a bordo.

El trayecto hasta la casa es cauto, como si una escopeta estuviera a punto de dispararse. Hana se acomoda en el asiento de atrás con Jonida, a pesar de lo mucho que ha insistido Lila en que se siente delante. Shtjefën es buen conductor, rápido y atento, un bailarín sobre cuatro ruedas en medio de cinco carriles de vehículos que se adelantan a derecha e izquierda. Aun así está tenso, ahora más que antes.

«La circunvalación es siempre agobiante», comenta, y le ofrece un cigarrillo a Hana.

Ella lo coge, pero no lo enciende.

Lila se gira de vez en cuando y le sonríe. Jonida mira por la ventanilla, unos auriculares con música la aíslan del mundo mientras el ritmo de la rodilla en la que ha apoyado el reproductor de cedés portátil subraya su efímera permanencia en otra dimensión.

El atardecer es bellísimo, rojo anaranjado. Lo único que discierne Hana es que viajan en dirección noroeste, dejando atrás la capital. Los letreros de la autovía pasan a toda velocidad, como fugitivos de uniforme blanquiverde.

Jonida le da un toque en la rodilla. Hana ve la mano de la niña estirarse hacia ella con una notita escrita en mayúsculas:

TU INGLÉS ES UNA BIRRIA. YO TE ENSEÑARÉ EL AMERICANO. CUENTA CON ELLO.

Shtjefën y Jonida duermen desde hace un rato.

—Ah, por fin solas —comenta Lila.

Hana la mira con afecto. De nuevo, el picor en el pecho. Lila está tensísima. Que Dios nos asista, piensa Hana, esto no es moco de pavo; no me gustaría estar en su pellejo.

—Oye, ¿y si nos relajamos un poco las dos? —la invita.

La prima se sienta en un taburete. Así parece aún más vulnerable.

—Quiero que estés a gusto —le dice a Hana.

—Todo va a salir bien.

—¿Tú crees?

—Absolutamente, Lila.

Su prima la abraza de improviso poniéndose de rodillas frente a ella. Se siente presa de ese cepo, desorientada, incómoda. Lila se da cuenta y se aparta, vuelve al taburete. El traqueteo de un tren ensordece la torpeza del momento, aligerando su peso.

—Vale, nada de melodramas, lo pillo —dice Lila—. Y se acabaron los abrazos.

Hana se lo piensa. Se enciende un cigarro. De pronto se siente demacrada y fea.

—Abrazos sí —susurra—, de vez en cuando. Creo que me sentarían bien.

—¿Quieres irte a dormir? Son las doce y debes de estar muerta de cansancio; para ti son las seis de la mañana.

—No tengo sueño.

—Yo sí.

—Pues ve a acostarte.

—No.

Lila saca un cigarro de la cajetilla de Hana y lo enciende. De la habitación de al lado llegan los rítmicos ronquidos de Shtjefën.

—Es un buen hombre, ¿no? —pregunta.

—Muy bueno, es un buen padre y procura ser un buen marido, siempre.

Lila coloca una cesta de fruta en el centro de la mesa, empieza a arrancar uvas y las dispone en fila encima del mantel en lugar de comérselas.

—¿Cómo has podido vivir sola todos estos años? —pregunta al cabo de un momento.

Hana deja pasar unos segundos.

—No he estado sola —responde—. Si acaso, todo lo contrario.

—¿A qué te refieres?

Hana no aparta los ojos de la hilera de uvas.

—¿Ya te has olvidado de las montañas, Lila?

—¿Las montañas?

—Sí, plagadas de ojos que observan y prohíben, de silencios...

Shtjefën ha dejado de roncar. Hana se come la locomotora del tren de uvas. El mantel es demasiado blanco. La cocina, impecable, resulta tranquilizadora. La Lila que tiene delante es una desconocida.

—Habría sido mucho más fácil si hubiese estado sola —añade.

Su chaqueta de hombre está abandonada en un rincón. En toda la velada, nadie se ha atrevido a cogerla y guardarla.

—¿Te pelo una manzana? —se ofrece Lila.

Hana suelta una risotada de repente. Es una carcajada amable que se nutre de sí misma y se prolonga. Se pone de pie, endereza los hombros y se recoloca los pantalones holgados.

—¡Deja ya de tratarme como a un hombre digno de respeto! Sólo soy tu prima Hana, tenemos la misma edad y me estás alojando en tu casa —dice sin parar de reír—. Sé valerme por mí misma.

—¿Qué te pasa?

—Que me ha dado la risa.

—¿Y eso?

—Me sentía preparada para dar este paso, pero ahora estoy muerta de miedo... y tú igual. Por eso me río.

—Mira que eres rara. —Lila se atusa el pelo—. Siempre lo has sido. ¿También eras así como hombre?

—Como hombre llevaba escopeta, conducía un camión y tenía cuidado con lo que decía. Pero tú eso no lo sabes porque ya te habías venido a América.

—¿Puedo abrazarte otra vez?

Hana no contesta. Se funden con un gesto lento y armonioso y permanecen enlazadas con naturalidad. La cabeza de Hana apenas llega al hombro de Lila.

—Tienes que quitarte esta ropa.

—No hay ninguna prisa.

—Cuanto antes te liberes de ella, mejor.

—Eso no es verdad.

—Pensaba que ése era el trato. Que vendrías aquí para volver a ser la de antes.

—Sí, pero sin prisas.

Lila se separa de ella mirándola fijamente a los ojos. Hana sonríe.

—No tengo ninguna prisa. Además, lo más importante no es eso.

Su prima está desconcertada. Hana da un paso adelante y le aparta el pelo de la cara a Lila.

—Ahora es más importante Jonida. Creía que se lo habrías contado.

Shtjefën aparece en el umbral, cándido e inmenso con su pijama azul claro.

—Pero ¿todavía estáis aquí?... Tengo sed.

Se dirige a la nevera, saca una botella y bebe.

—Perdonad. Me vuelvo a la cama.

De repente, a Lila la domina el cansancio.

—Uf, ya no puedo más, vámonos a dormir nosotras también.

—Te estaba hablando de Jonida.

—Nunca se me ha dado bien darle explicaciones —dice Lila—. Con ella soy puro sentimiento. Tampoco Shtjefën sabía cómo hacerlo. Además, pensamos: ¿quién sabe? Si los americanos le hacen alguna jugarreta a Hana en el aeropuerto y no la dejan entrar en el país, es inútil trastornar a la niña.

—¿Y por qué no iban a dejarme entrar?

—Pero ¿en qué mundo vives, Hana? Aquí se desató el apocalipsis hace un mes. —Se persigna—. Las medidas de seguridad, el miedo a otros ataques... esas cosas.

Hana coge la chaqueta y la acaricia despacio.

—Lo del 11 de septiembre también llegó allá —dice con resentimiento—. En el monte tenemos tele, ¿o qué te crees?

Lila se echa a reír y guarda de nuevo la fruta en la nevera.

—¿Ahora te haces la ofendida? Ya sé que tenéis tele, pero eso no quita para que sea un mundo muy remoto.

Hana mira por la ventana, dentro de poco amanecerá. Enfrente hay dos edificios; abajo, muchos coches aparcados.

—Sí —añade—, lo vimos todo en la tele del bar de Rrnajë, sólo que aquel día nos habíamos pasado con el aguardiente porque Frrok acababa de prometer a su hija en matrimonio y el televisor estaba medio averiado, no funcionaba el sonido.

La perspectiva de tumbarse en la cama es tentadora, se dice Hana. ¿Qué hará ahora el pueblo? ¿Qué estará pensando en ese preciso instante cada uno de sus doscientos ochenta vecinos?

—Venga, a la cama, que tengo un sueño que me caigo —ordena Lila.

—Me siento como si acabara de nacer —dice Hana.

Las piedras del río de Rrnajë parecían espuma. Las observó, meticulosa y disciplinada como era, hasta que entendió que parecían espuma porque eran blanquísimas —demasiado blancas a veces— cuando el agua les bailaba con furia por encima. A Hana no le gustaba la furia, mancillaba la paz. También le generaba sentimientos encontrados el nombre de aquellas cumbres, las Montañas Malditas, un topónimo concluyente que no dejaba margen para la esperanza. Sin embargo de cerca eran mansas, sólo era preciso saber manejarlas. Aprender a dormir en ellas sin dejarse condicionar por su denominación, atribuida acaso por algún forastero, por algún peregrino que nada sabía de aquel lugar. De malditas no tenían nada, estaban hechas de cautela y silencio. Tú no agredías a las montañas y ellas te dejaban en paz.

Despierta a la una de la tarde, se queda un rato remoloneando en la cama, y por fin se levanta y sale sigilosa al estrecho pasillo. La casa huele a limón, azúcar y café. Su maleta Samsonite de imitación, comprada en un tenderete detrás de la gran mezquita de Shkodër, ha desaparecido del vestíbulo; los zapatos de Shtjefën, también.

Lila emerge del cuarto de baño sonriente y atareada. Hana se nota la coronilla desnuda y se pasa la mano para comprobar.

—Buenos días —la saluda Lila—. ¿Por qué te tocas el pelo?

—He soñado que me estaban rapando al cero el día de la esquila del ganado.

En un primer momento la risa de Lila es reticente, pero va cobrando cada vez más fuerza, en un *crescendo* sin restricciones. Hana la imita, cómoda y ridícula con el pijama ancho. Lila sigue riendo y la encamina hacia la sala de estar. Encima de la mesa hay un despliegue celestial, pero Hana decide que antes irá al baño, donde la aguardan un tubo de dentífrico y un cepillo de dientes nuevo, varios frascos y artilugios desconocidos. Toallas preciosas. Las contempla largo rato; tiene miedo de usarlas, no quiere estropearlas.

Un año antes, en el pueblo, Maria había recibido un juego de seis toallas parecidas de parte de su hija, emigrada a Italia. Ella las cosió para convertirlas en las cortinas del cuarto para invitados. Unas cortinas bonitas que resaltaban más, si cabe, la fila de escopetas que colgaban de la pared. Diez generaciones de varones de la familia Frangaj expuestas en el muro, representadas por sus armas. Desde hacía una década no resonaba ninguna voz masculina en aquella casa, desde que la venganza de sangre se había cobrado al último hombre Frangaj, el hijo de Maria. Si hubiese cedido a las peticiones de los extranjeros que habían pasado por las montañas desde la caída del comunismo, Maria podría haber reunido una buena fortuna vendiendo las escopetas. Pero no quiso.

Se asea someramente y sale con la cara todavía húmeda. Lila está sirviendo el café. Hana decide encenderse un cigarro. Se sientan en silencio.

Ahora, a la luz del día, el piso le parece muy bonito.

—Dicen que, con los años, te has vuelto aún más rara —comenta Lila, más para sí que dirigiéndose a su prima—. Que te pasabas las horas leyendo y escribiendo.

Un humo verdoso juega con los bucles claros de Lila.

—¿Te da miedo? Me refiero al hecho de que sea rara.

Ella no responde.

—Sacaba al ganado, cortaba leña, faenaba en el campo, participaba en las reuniones del pueblo y bebía mucho *raki*. Lo demás da igual.

—Pero ¿quién eres esta mañana? —pregunta Lila con prudencia—. ¿Has decidido ser Hana o Mark?

Hana se había prometido no arrepentirse de lo que ocurriera al día siguiente de su llegada a Estados Unidos, sucediera lo que sucediera. Nunca se había arrepentido de nada y no iba a empezar a estas alturas, con treinta y cuatro años.

—Para ti soy Hana. Para los demás seguiré siendo Mark aún durante un tiempo.

—De acuerdo.

—¿De acuerdo qué?

—Que eres Mark y que debo tratarte como a un hombre.

—Te acabo de decir que para ti soy la Hana de siempre. Ayer me llamaste así. ¿Qué te ha hecho cambiar de idea?

Lila explica que esta mañana parece un hombre: las facciones demacradas, el pelo revuelto, ese pijama enorme, los dientes amarillentos y los gestos varoniles. Le cuesta asumirla como mujer. Hana escurre el bulto. Sin embargo, cosa extraña, le duele oír esas palabras. Encima de la mesa hay unos panecillos con un agujero en el centro, tres tarros con mermeladas distintas, mantequilla, zumo de naranja, café, azúcar, huevos duros. ¡Deja ya de hacer inventario!

—Vivo como hombre desde hace catorce años.

Lila intenta ahogar la mirada en el color marrón aceitoso del café.

—No será fácil —dice por fin—, para ninguno de nosotros.

—¡Qué me dices! —Hana esboza una sonrisa irónica—. No tenía ni idea.

—No te burles de mí. Aquí la culta eres tú, yo me expreso como puedo.

Lila comprueba el reloj de la pared con impaciencia, son casi las dos.

—Yo soy más ignorante que una ameba —la tranquiliza Hana—. «Culta» son palabras mayores.

—Fuiste a la universidad, ¿o no?

—Sólo un año, antes de retirarme en las cumbres y ser un hombre.

—Mientras, yo soy limpiadora, cielo.

—Eras la mejor alumna del instituto.

Lila suelta una carcajada.

—Y tú la mejor cuentista de todo el norte.

Hana no consigue sobreponerse. El dolor le sube por dentro. Trata de reaccionar, respira hondo diez veces y con cada inspiración nota que se rebaja la tensión, aunque no lo suficiente. Lila la observa con mirada maternal.

—¿Yo contaba cuentos?

—¡A lo bestia! Cualquier excusa te valía para inventar una historia. Decíamos el nombre de un chico, al azar, y con eso armabas tú dos novelas y media.

—No había televisión. Cumplía la función de animadora, alguien tenía que hacerlo. Eran buenos tiempos —sonríe Hana.

—Pero ¡si estábamos ya casi todas prometidas en matrimonio! —la contradice Lila a la vez que unta mantequilla en uno de los panecillos con agujero. Primero lo abre longitudinalmente, despacio. Tiene unas manos curiosas, los dedos demasiado ahusados para un cuerpo tan macizo.

—*Bagel* —dice en tono didáctico—. Se llaman *bagel*. Están ricos, come. —Le pone mantequilla a una mitad, echa un poco de miel por encima y da un mordisco—. La verdad es que te lo pasabas bomba inventando historias. Lo disfrutabas, se te iluminaba la mirada... tenías carrete para horas y horas.

Hana la imita: primero abre el pan, luego extiende la mantequilla, luego añade la miel, luego da un mordisco.

—Ahora me toca inventarme mi propia vida —anuncia cuando ha dado buena cuenta del pan.

—Hoy mismo empezamos. Hay que ponerse manos a la obra. Bastante tiempo has malgastado ya.

—Hoy no. Es muy pronto.

—Jonida volverá enseguida del colegio. Acaba a las tres, el autobús la deja debajo de casa.

—¿Cómo debo comportarme con ella?

—Como Mark. O bien se lo cuentas todo de inmediato.

—Me parece que tienes razón. Mejor será que hoy siga siendo el tío. Ya veremos después.

—Anda, ve a darte una ducha. ¿Tienes muda?

Tiene de todo. Salvo la posibilidad de disolverse en su propio silencio. Ahora se encuentra en Rockville, un suburbio de Washington, D. C., y no puede ser grosera, no puede encerrarse en su cuarto y trajinar con poemas de vivos y de muertos. Los muertos son mejores. No la ponen en un aprieto. Ellos no se ríen en sus narices. Los muertos son amables. *Hasta otra, hermano mar.* Se le viene a la cabeza el adolescente de origen turco en los baños del aeropuerto. Quién sabe si habrá leído alguna vez un poema de Nâzim Hikmet. Añora a Hikmet, en los últimos meses ha sido su amigo, su enamorado, lo anhela, un poco de Hikmet combinado con Seamus Heaney combinado con Neruda. Actúa como una persona normal, se ordena.

—¿Cuándo vuelves al trabajo, Lila?

—Dentro de tres días... antes de eso no te librarás de mí, a ver qué te has creído. Después Shtjefën pasará contigo otros tres días, y después de eso ya tendrás que arreglártelas porque te quedarás sola en casa. Anda, ve a asearte y a arreglarte, que dentro de nada llega Jonida.

Más tarde, mientras pasea con Lila y su sobrina, Hana saborea la tarde. El parque es una fiesta de colores chillones. Muchas, demasiadas madres con cochecitos y criaturas, cuyos gritos en un centenar de lenguas distintas la ayudan a pasar desapercibida.

La prima, no sin orgullo, explica que el suyo es un buen barrio: las casas son más caras, sí, y por eso tuvieron que conformarse con un piso tan pequeño; pero un paseo por el parque es más sano que diez dietas y tres visitas a la peluquería. Hana se ha metido las manos en los bolsillos del pantalón y parece un hombrecillo cualquiera.

Jonida da saltitos delante de ellas y cuenta anécdotas inconexas, combinando el dialecto guego con el inglés americano. Habla de una asignatura escolar que se llama *Social Studies* y del profesor, charlatán y poco competente. Tres veces lo define como «un gilipollas», de modo que Hana memoriza una palabra nueva.

—Tío Mark, te queda bien esa camisa blanca, pero te imaginaba más metido en carnes. En las fotos parecías más alto, ¿sabes? Oye, y me tienes que hablar de las montañas. Quiero saberlo todo. Mamá nunca me cuenta nada. Y papá tampoco. Están demasiado ocupados trabajando.

—¿Quién te daría de comer si no trabajáramos, cielo? —comenta Lila.

La niña no la escucha, sigue haciendo piruetas. Parece una gacela, una cometa, un poema de amor. Lleva unos vaqueros ceñidos de talle bajísimo que le dejan el ombligo al aire y una camiseta azul con un mensaje escrito en blanco. Por debajo, un sujetador rojo del que se entrevén los tirantes finos.

—¿Estoy bien así, tío Mark?

—Estás guapísima.

—Tengo que caerte bien porque mamá te quiere mucho. Ha hablado un montón de ti con papá en estos meses, y él siempre decía: «Sí, sí, sí...». —Imita la voz de Shtjefën—. Hay un secreto, ¿verdad? —Hana no contesta—. Tengo que descubrir el secreto. Si nos hacemos amigos me lo contarás todo, ¿no?

Lila se ha detenido. Hana se ha quedado a medio camino entre Jonida y su madre.

—¿Cómo se llama este sitio? —pregunta.

—No intentes cambiar de tema.

—¿Cómo se llama?

—Rockville, se llama Rockville. Pero no te hagas el listo. ¿Me lo contarás todo sobre ti?

—Por supuesto.

—¿Y también sobre las montañas?

—Lo que tú quieras.

—Vale. Estoy deseando que se reincorporen al trabajo, así después del colegio te tendré todo para mí.

Hana se ríe. Jonida sale volando para saludar a un grupito de su edad.

—Estate tranquila, Hana, relájate —le susurra Lila con ternura.

—Estoy relajada, te lo aseguro.

La velada en compañía de Shtjefën le resulta menos complicada de lo que había imaginado. Está tan cansado que ni siquiera reúne ánimo para darse una ducha antes de sentarse a cenar. Pide perdón en varias ocasiones, huele a autopista y a alquitrán. Con los ojos empañados y el discurso más lento que la víspera, habla con voz ronca. Pregunta tres veces qué han hecho durante el día las dos mujeres de su vida, y si por un casual se han acordado de él. «¡Pues claro, cielo!», lo tranquiliza Lila. «Claro que sí». Shtjefën sonríe, mitad oso mitad mariposa, sin dejar de comerse el potaje de alubias. «¿Y tú, Mark, has descansado? Te noto distraído, hermano». Hana no contesta, sostiene la cuchara en el aire sin terminar de decidir si tiene hambre o no. De hablar no tiene ninguna gana, eso seguro. Paladea el ambiente, el calor que transmiten los gestos, el rítmico movimiento del pie de Jonida bajo la mesa, los gritos de los niños del barrio entrando por la ventana abierta, el baile incierto del visillo apartado.

Antes de pedir la mano de Lila, Shtjefën fue un chico esmirriado y rubísimo con una cabeza que parecía un girasol. Las muchachas del pueblo decían que era así por la altura: recibía los rayos del sol desde que despuntaba, antes que los demás, y era el último al que abandonaba. Sus palabras sonaban tan excepcionales y remotas como el prestigio que le correspondía por derecho. Los Dibra habían sido un gran *fis*, un clan que durante siglos había hecho la guerra a los turcos. Las montañas tuvieron su momento de gloriosa tregua después de la caída del Imperio otomano, tras lo cual llegaron los comunistas, y con ellos el ocaso y los fusilamientos de los *bajraktar*.

Pero eso forma parte del pasado y la historia ya no tiene importancia.

En la casa de al lado aún están cocinando. El ruido de cacerolas combinado con voces infantiles y aromas especiados transmite la sensación de que se encuentran en un gran comedor colectivo.

—Los vecinos son de Sri Lanka —le explica Jonida—. Tienen seis hijos —se carcajea divertida.

—¿Todo bien en el colegio, amor? —pregunta Shtjefën.

—Como una balsa de aceite, papá.

—Vale, vale.

—¿Y tú?

—¿Yo qué?

—¿Cómo va el trabajo?

—Hay mucha tarea y, mientras haya, toca cumplir, hija mía. Si no fuera por el jefe, que no sabe organizar las cosas, iría todo bien. Ese hombre es el caos personificado.

—Ay, no —ríe Jonida—, no empecemos con la cantinela de tu jefe, *please*.

Shtjefën no se da por aludido, niega con la cabeza y aparta el plato del guiso. Lila está trasteando con el puré y las *qofte*.

—Ahora que mamá y yo tenemos dos hombres en casa, habrá que revisar las reglas de la administración doméstica —sentencia Jonida.

El padre y la madre intercambian una sonrisa.

—Estamos en plena fase de feminismo radical —explica Shtjefën a Hana—. Como *nuestra hija* no arrima el hombro en casa, se ha convertido en adalid de los derechos de las mujeres.

—Yo hago un montón de cosas, papá —se defiende la niña a la vez que hinca el diente a una *qofte*—, lo que pasa es que tú nunca estás y por eso no te das cuenta.

Lila distribuye el segundo. Shtjefën sirve aguardiente para él y para Hana.

—Venga, dime qué haces, espabilada —replica.

Jonida se levanta el pelo y lo deja caer de nuevo, pone los ojos en blanco para darse importancia y apoya los codos en la mesa:

—Cumplo la función de musa inspiradora, soy el hálito que sopla en vuestras vidas —concluye.

Los adultos se ríen. El resto de la cena discurre con placidez. Cuando terminan, Hana se ofrece a fregar los platos.

—¿Desde cuándo friegan platos los hombres en esta casa? —bromea Jonida mientras Lila le advierte a Hana que ni pensarlo.

—Pero si lo he hecho todo solo estos años —intenta convencerlos ella—... Sé hacer todas las tareas femeninas.

Es inútil.

Shtjefën se enciende un cigarrillo.

—Mañana después de clase salimos solos tú y yo, tío Mark —anuncia Jonida antes de irse a dormir—, así te presento a mis dos mejores amigas, que viven a una manzana de aquí.

Hana quiere saber qué interés tienen en conocerlo.

—¿Qué pasa, ahora te las das de tímido? —le recrimina Jonida—. Si es por el idioma, te aseguro que te comunicas perfectamente.

—No es por el idioma.

—¿Entonces? ¿Cuál es el problema?

Hana mira a Lila, que hace un gesto de negación.

—Vaya trío raro formáis, en serio —comenta la niña—. Ni el diablo os entiende.

—Escúchame, Jonida —dice Hana armándose de valor—. Antes de que me presentes a tus amigas, tú y yo tenemos que hablar.

—Cuando quieras. ¿Te gusta el helado?

Hana asiente.

Los padres, sentados frente a ellas, miran cada uno una pared. La niña se ensombrece.

—No es nada grave, ¿verdad, mamá?

—No, grave no.

—¿Hay alguien enfermo?

—No.

—Entonces todo lo demás no importa —repone con alivio Jonida—. Vale, tío, pero me has puesto la mosca detrás de la oreja. ¿Cómo voy a aguantar hasta mañana?

—Hay cosas que no se cuentan así, de sopetón. Te toca tener un poco de paciencia.

—Voy a preparar la mochila para el colegio, así no pienso más en ello.

Sale. Shtjefën, preocupado, escudriña a Hana.

—¿Estás seguro de lo que estás haciendo, hermano?

Ella sonríe con una pizca de repentina amargura.

—Shtjefën, antes o después no te quedará más remedio que resignarte a llamarme por mi nombre de mujer.

—Es demasiado pronto —rebate él—. Perdóname, pero te considero hombre de toda la vida.

—Ya lo sé. Bebámonos esto; luego saldré a estirar las piernas.

Shtjefën se ofrece a acompañarla y Hana no se opone. Beben en silencio sin decirse nada más. Jonida entra y sale varias veces de la cocina, observándolos por el rabillo del ojo, aunque sin hacer comentarios. De lejos llegan quejumbrosas sirenas de bomberos y el fragor del tráfico.

Por fin, la niña da las buenas noches y va a la cama. Lila la acompaña a su dormitorio.

No hay nada de lo que hablar, nada que pueda expresarse con palabras fácilmente, piensa Hana más tarde mientras pasea con Shtjefën. Las luciérnagas de sus cigarrillos encendidos les alegran el camino. Una brisa levísima acaricia la noche cálida. Todavía queda gente corriendo por el parque. Los coches avanzan despacio. Shtjefën le explica que en las calles secundarias como aquélla el límite de velocidad es de cuarenta kilómetros por hora y que, para esas cosas, los americanos son muy estrictos porque se trata de una zona residencial de clase media donde los vecinos intentan ascender en la escala social, así que... Shtjefën deja la frase en suspenso. Hana se enciende otro pitillo sin saber qué hacer con la colilla del primero. Por la tarde, cuando ha recorrido el mismo trayecto, Jonida le ha dicho que nunca las tire al suelo, so pena de una buena multa.

—Tráela —le dice Shtjefën, y envuelve tanto su colilla como la de Hana en un pañuelo de papel que a continuación se guarda en el bolsillo de los pantalones.

Le pone una mano en el hombro y la retira de inmediato.

—Te pido perdón —dice.

—¿Por qué?

—Es difícil.

Hana aguarda. Shtjefën se toma su tiempo hasta que por fin le dice que es ridícula esa maraña de palabras que no saben cómo salir. Que en los últimos ocho años las montañas se le antojaban tan lejanas que ya no notaba su peso en los hombros. Pero ahora... Ahora pronuncia la frase hasta el final, le ruega Hana en silencio.

—Ahora tú te presentas aquí en América y yo no sé cómo explicar que básicamente en todos estos años he pensado en ti como en el Mark del pueblo y a la vez como en la prima más querida de Lila. Con todo el aguardiente que te has bebido, Hana, con todo el aguardiente...

Ella reanuda el camino y Shtjefën no la sigue. La distancia entre ambos se amplía.

—Con todo el aguardiente, Hana Doda. Y aquí estás.

Hana se detiene y se vuelve, casi con rabia.

—¿Estás borracho, Shtjefën?

—No.

—Pues entonces habla claro.

—No sé hablar de otra manera.

—Eso es mentira. Dime, ¿tienes miedo? ¿Has accedido a que viniera sólo por complacer a Lila? ¿Te avergüenzo? Dime la verdad. —Hana escucha sus últimas palabras, hostiles y agresivas, y se pregunta si no será ella la que está borracha.— ¿Te genera extrañeza mi presencia? —añade con dulzura.

La corpulencia robusta del hombre parece tambalearse.

—Con todo el aguardiente que te has bebido y todo el tabaco que te has fumado y sigues teniendo un deje femenino en la voz. Jonida se ha dado cuenta. Y yo no, no tengo miedo de nada, ni por mí, ni por nosotros. Pero a ti este mundo te resultará duro. En Estados Unidos nadie te regala nada.

Hana ríe al oír estas últimas palabras.

—O sea, que te has olvidado de las montañas... también tú, Shtjefën. Se os ha olvidado lo duras que son.

Él cavila unos instantes.

—Entonces, mañana se lo contarás todo a Jonida.

—No te preocupes, lo haré como es debido.

—Está creciendo tan rápido que cuesta seguirle el ritmo. Lila y yo trabajamos a destajo y aun así a duras penas llegamos a fin de mes. A veces vuelvo a casa y Jonida ya está acostada, y cuando desayunamos el sábado o el domingo me doy cuenta de que ha incorporado palabras nuevas a su vocabulario. Seguramente de aquí a cinco años se marchará a estudiar a la universidad y yo pienso: Dios mío, cómo voy a...

Hana empieza a acostumbrarse al discurso entrecortado de Shtjefën.

Ella nunca llegó a conocerlo en profundidad. Recordaba que muchos años atrás había sido el mejor bailarín de todas las Montañas Malditas. Una vez incluso lo mandaron al festival folclórico nacional de Gjirokastër. Su danza de las espadas ganó el premio a la mejor ejecución masculina.

La foto de Shtjefën y del otro joven que ejecutaba el dúo con él colgó del «tablón de emulación socialista» del distrito, en el centro del pueblo. Salían con los brazos levantados, espadas relucientes, el *qeleshe* echado hacia atrás, los chalecos rojinegros de los trajes tradicionales abiertos como rosas silvestres. Hana recuerda que, poco después de aquel acontecimiento, tomó la decisión de convertirse en hombre. En el momento del baile de Shtjefën aún no lo sabía.

Lila y Shtjefën acababan de casarse.

Cuando regresó de Tirana, donde cursaba sus estudios universitarios, Rrnajë se le antojó tan recóndita que le provocó vértigo. Recordaba no parar de preguntarse qué hacer en aquel rincón dejado de la mano de Dios. Recordaba recordar recuerdos de ciudades y de poemas abstractos compuestos por extranjeros de tierras lejanas. Recordaba haberse sentido como una piedra en el fondo del pozo más oscuro. Aquellos meses se dedicó a pastorear a los animales. El tío estaba enfermo y postrado en la cama, la tía había muerto hacía poco, Hana no tenía más compañía que los animales y escribía poemas peculiares.

—¿Volvemos a casa, Hana? —pregunta Shtjefën—. Estoy agotado.

Mucho más tarde, mientras los Dibra duermen, ella sale al minúsculo balcón de la cocina. Deja la puerta abierta para airear bien el espacio donde dormirá y al cabo de un rato la entorna, se enciende un cigarrillo y se lo fuma con parsimonia, apoyada en la barandilla, procurando no pensar en nada. Cuando lo conseguía, le parecía un ejercicio excelente que le proporcionaba un curioso sentimiento de bienestar. Vaciarse de pensamientos y llenarse de silencio. Era hermoso. Se dejaba embargar por la sensación de estar vacía y colmada a la vez. La cabeza recibía el aire y ponía en marcha algo así como un ventilador que le refrescaba el interior del cráneo. Entonces prestaba oídos al latido de su propio ser, viajaba hasta su estómago vulnerable, se detenía brevemente en los riñones, que jamás le habían dado problemas. Era un viaje despojado y sereno, se sentía como un turista un poco bobo y falto de curiosidad. No había nada que no conociera ahí dentro, nada nuevo que descubrir.

Se pasa una mano por el pelo corto y espeso. La ducha matinal se lo ha suavizado, Lila había insistido en que se aplicara acondicionador justo después del champú y Hana había obedecido, aunque se le había escapado un comentario absurdo, «¿Ya has empezado la misión civilizadora de tu prima?», una broma que no le había sentado del todo bien. «No te hagas la chiflada», le reprochó. Hana se echó a reír.

Aquí estás, se dice a sí misma. Aquí estás. En tu primera soledad americana. La primera noche en este suburbio idéntico a los de las películas.

Le parece que han transcurrido siglos desde que se marchó de Rrnajë. Se toca los hombros y el cuello de la camisa. La lavadora y la secadora de Lila han eliminado el olor a campo.

Es como si no fuese ella, como si no se llamara Hana, ni Mark, como si hubiese vivido el viaje de otra persona, como si hubiera asistido a la representación de un sueño grotesco. *Hasta otra, hermano mar.*

Ya no hay vuelta atrás. Lleva un año convenciéndose: si se marchaba, no habría vuelta atrás. En ocasiones, aquel pensamiento resonaba como una amenaza. Otras veces, como un chiste.

«Demuéstrales quién eres, Mark Doda», se dijo a sí misma en voz alta en la soledad de la *kulla* que se desmoronaba poco a poco. «Demuéstrales que tienes dos cojones». La metáfora la hizo reír; pero después de aquella primera vez se lo repitió a menudo: «Demuéstrales quién eres».

Lo intentaba con todas sus fuerzas. Ahora estaba allí y debía averiguar cómo salir adelante.

Paso a paso. Primero hablará con Jonida. Y verá qué tal. Luego hablará con Lila, y verá qué tal. Aguza el oído hacia la noche; son las tres pasadas. Aquí no hay gallo que cante. Ya no hay montañas. Sólo noche.

En Rrnajë, el ternero tarado de los Rrokaj empezó a imitar el canto de los gallos y cada madrugada, a las tres en punto, sacaba de quicio a todo el pueblo. Era el típico animal que daba sentido a la expresión «bonito pero lerdo», con un pelaje de un blanco deslumbrante, dos pintas rojas en el hocico y una en el pecho. Poco después de nacer intentó mamar de las ubres de una cabra. Los niños de los Rrokaj se revolcaban por el suelo de la risa. La cabra lo ahuyentó de una coz.

«¿Y ahora qué?», le pregunta Hana a la noche. A lo lejos vislumbra el alba, tímida y recelosa. Apaga del todo la colilla del segundo cigarro, decide que ya ha hilvanado suficientes sandeces y que es hora de meterse en la cama. Nota que la puerta se abre de golpe.

—¿No tienes sueño? —le pregunta Shtjefën—. Yo dentro de un rato me voy a trabajar. Si te echas a dormir ahora, mucho me temo que te molestaré durante media hora o así, hasta que me marche.

—No pasa nada —susurra Hana—, no me vas a quitar el sueño.

Shtjefën se aparta del umbral del balcón y Hana se mete de nuevo en casa. Él va al baño. Ella cierra la puerta de la cocina, se quita los pantalones y la camisa a toda velocidad y se pone el pijama de franela ligera. No dobla la ropa por temor a que Shtjefën salga del cuarto de baño antes de que haya acabado, pero él se toma su tiempo. Oye el sonido de la ducha. Se cubre hasta los hombros con el edredón. Decide que al día siguiente hablará claro con Lila sobre el reparto de tareas en casa, y se queda dormida.

A la mañana siguiente cae una lluvia fina, un acontecimiento que no amilana la histeria del tráfico y las sirenas de los bomberos que suenan a intervalos regulares. El agua toca tierra y se desliza formando melancólicos arroyuelos pardos. El coqueteo entre bosque y otoño es evidente, el rojo del ocaso estacional menoscaba el verde de las hojas. El calor es el único que no ceja, obstinado y todavía irritante.

Cerca del edificio de los Dibra hay un supermercado. La oficina de correos se encuentra en la acera de enfrente, el centro queda a escasos minutos en coche.

—Estamos bien ubicados —le explica Lila a Hana—. Cuando tienes que comprar alguna cosilla o echar una carta al buzón, vas andando. Para todo lo demás, en este país te pasas la vida dentro del coche.

Lila convive en armonía con todo eso, observa Hana, se ha aseado y peinado con esmero, se ha puesto un leve toque de lápiz de ojos.

Para desayunar hay tortitas. Lila anuncia que irán de compras a un centro comercial, tras lo cual empieza a disparar una ráfaga de observaciones inconexas. Hana escucha.

Escucha hasta que la otra le espeta:

—Pero ¿qué pasa? ¿Te ha comido la lengua el gato?

Entonces se encoge de hombros. La prima señala la bandeja de las tortitas con su tapa de plástico transparente.

—Come, están riquísimas —le ordena—. Se parecen a nuestras *petulla*.

Hana las prueba con jarabe de arce, con queso fundido. Beben también dos tazas grandes de café cada una.

—Qué alegría tenerte con nosotros —dice Lila con sinceridad—. Algunas cosas no puedo compartirlas con mis amigas de aquí. Ahora me sentiré menos sola.

—Pero tienes a tu familia —repone Hana—. ¿Cómo es que te sientes sola?

Lila apura el último trago de café.

—Una hija es una hija —contesta por fin—, me corresponde a mí escuchar sus confidencias, y no al revés... Aunque quizá desde tu punto de vista sea algo difícil de entender.

En la pared cuelgan varias fotos: Jonida de pequeña, Shtjefën y Lila el día de su boda rodeados por el clan al completo, muy tiesos y vestidos para la ocasión, una imagen reciente de Jonida durante un partido de voleibol, Lila con un grupo de mujeres. Hana quiere conocer el contexto de esta última foto. Su prima le habla de un curso de auxiliar de enfermería que hizo; las compañeras se retrataron el día de la graduación.

—Hasta ahí llegué —añade con resignación—. Y no creo que consiga más.

—¿Por qué no?

—Porque son varios años de estudios y yo tengo que sacar adelante una casa y criar a una hija, no puedo gastar más dinero en cursos. Es demasiado tarde.

Hana empieza a recoger la mesa y Lila la deja hacer. No hablan más hasta que salen de casa y se meten en el coche, un Toyota Corolla viejo y medio oxidado.

—Te voy a llevar a un sitio precioso —anuncia Lila.

Enfilan una carretera, la 355, en dirección sur, tres carriles en ambas direcciones, coches hasta donde alcanza la vista. Hana experimenta de repente una nostalgia virulenta por el viejo camión que le vendió a Fahri, un mecánico de la ciudad, de Shkodër. No valía más de quinientos euros, era un trasto viejo de los tiempos de los chinos, se podía dar con un canto en los dientes por haberle sacado algo de dinero.

—Mañana nos encargaremos también de las gestiones para tu permiso de conducir. No te quedará más remedio que pasar por todo el proceso, el examen teórico, el práctico. Te llevaré con el coche de Shtjefën, que está en regla, no como esta tartana. Recuérdamelo más tarde, que tengo que llamar.

—No hay prisa.

—Sí la hay. La semana que viene vuelvo al trabajo y no podré llevarte a ningún sitio.

—No hay prisa.

—Y deja ya de decir que no hay prisa.

El centro comercial es inmenso y elegante.

—Dentro tienen hasta unos multicines —le explica Lila—. Puedes entrar por la mañana, hacer todas las compras del mundo, comer, ver una peli y volverte a casa más contenta que unas pascuas.

—¿Hay también una librería Barnes & Noble? —pregunta Hana inmóvil ante la puerta.

—No, aquí no.

—Entonces no lo tienen todo.

Lila la empuja al interior.

—¿Y tú cómo sabes que existe Barnes & Noble?

Hana no contesta. Se recoloca la chaqueta masculina que lleva echada por los hombros. Le gusta llevarla sin meter los brazos en las mangas. Así parece más ancha de torso, sobre todo cuando se mete las manos en los bolsillos del pantalón. Se mira la puntera de los zapatos. Usa la talla treinta y siete, en Albania le costaba encontrar calzado de caballero de ese número. La ropa interior siempre la compraba en tiendas de ropa para niños.

—No nos vamos a quedar aquí como pasmarotes, ¿no? —Lila la agarra del brazo—. Anda, vamos, que necesito un café.

Hana se vuelve hacia ella y la escudriña.

—¿Quién te mandaba a ti? —le dice—. Con la de primos que podías invitar ¿y tuviste que elegir a la más rara de todos?

—¿Es necesario que resolvamos ese asunto aquí, en la puerta del *mall*? —bromea Lila.

—¿Por qué te has embarcado en esta operación?

—Llevamos un año hablándolo por teléfono.

—Contesta.

El perfil de Lila oscila entre el cansancio y la exaltación. No tiene ganas de hablar, Hana se ha dado cuenta, lo único que quiere es arrastrarla a las entrañas del centro comercial y mostrarle las maravillas que cree que la ayudarán a ayudar a su prima. Y lo cierto es que no habla; la guía hacia una cafetería con mesas diminutas. Se sientan. Lila va a pedir dos expresos y regresa con una bandeja.

—Tú no eras un hombre feliz, Hana. Simplemente.

—Eso no es verdad.

—Entonces explícame tú por qué has venido.

Hana escruta a la gente que lleva en las manos paquetes y bolsas de todo tipo, a unos niños que van de la mano formando una especie de corro, a dos mujeres gordísimas con el ombligo al aire; qué espectáculo.

—No eras un hombre feliz, y sabes que es verdad, como sabes que es de verdad este café que nos estamos bebiendo. Es italiano. Riquísimo. Y vamos a dejar ya de hablar en este tono tan dramático. Hoy quiero estar tranquila y sentirme ligera. Quiero disfrutarte tal como eres ahora, en tus últimas horas como hombre.

Hana bebe en silencio. A través de la cúpula de cristal del patio enorme entra la luz de un sol incierto que trata de abrirse paso entre las nubes. Hay que reconocer que los americanos emplean una palabra la mar de extraña para definir un complejo comercial, piensa. *Mall*. En albanés, el *mall* no te despluma, el *mall* es algo que llevas por dentro y que arrullas entre tus brazos. El *mall* es una nostalgia que te consume, es la *saudade*.

—Ahora te voy a llevar a una tienda donde encontraremos algunas cosas para ti —vuelve al ataque Lila.

—De acuerdo.

—Y en los próximos días habrá que pensar también qué vamos a hacer con ese pelo.

Entran en un local grande. Dependientas jóvenes. Voces estridentes. Sonrisas deslumbrantes. Más ombligos de toda condición bien visibles. Lila le señala los probadores. Deja caer la mano. Abre los ojos como platos. Pero ¿en cuáles debe entrar? ¿En los de caballero, con ropa de señora en la mano? Hana la observa divertida.

—Esta moda del ombligo al aire —dice sin dar importancia al desconcierto de Lila— no siempre es una decisión afortunada.

—¡Tú y yo tenemos un problema más urgente! —Lila está alterada—. ¿Cómo no se me había ocurrido antes?

A Hana no le apetece probarse nada, sólo está allí por no llevarle la contraria a su prima.

—No puedes ir por la calle así —se empecina Lila.

—Voy por la calle tal y como he ido hasta ayer —masculla ella—. De todos modos, nadie se va a fijar en mí.

—Quería empezar haciendo algo bueno. No hay tiempo que perder —se lamenta Lila.

—Y no lo estamos perdiendo en absoluto. Estamos juntas, eso es lo importante.

—Pero ¿tú te has visto en un espejo, Hana?

—No, no me miro nunca.

—Exacto.

—¿A qué te refieres?

—Perdóname —se arrepiente Lila—. No era mi intención ofenderte.

—No me has ofendido.

—Soy un desastre.

No necesitaba espejos en Rrnajë. Hana salía de casa y el saludo de la primera persona con la que se cruzaba era su espejo.

Tungjatë, Mark. Tan sencillo como eso. Llevaba pantalones y la petaca de aguardiente en el bolsillo, y esas dos cosas eran también su espejo. No le hacía falta nada más. Allá arriba el tiempo y el espacio iban de la mano. No es culpa de nadie que en este preciso instante esté tan lejos de las montañas. Agarra a su prima del brazo y la obliga a levantarse. Se ponen a deambular sin un objetivo claro. A Hana le resulta extraño pasar el tiempo así, no lo hace nunca.

Tungjatë, Mark, bre burrë, a je?

—Perdóname, Hana, por todo esto —le había dicho Gjergj Doda.

—No digas eso, tío, no es culpa tuya.

—Déjame morir. Estoy tan cansado... ¿para qué vivir?

—Vives por mí; eres mi padre.

—Un padre casa a su hija, no le pone unos grilletes.

—No me has puesto ningún grillete, tío Gjergj. Te curarás, sólo tengo que ir a buscarte las medicinas.

—Sabes muy bien que no hay cura posible, Hana, ¿por qué insistes en sacrificarte? Tú lo que deberías hacer es casarte. Ser el sol de una casa con muchos hijos.

Hana no contestó, su tío respiraba trabajosamente, al rebaño ya no le quedaba ni una brizna de hierba que comer y ella, con diecinueve años, guardaba en la maleta, que todavía no había abierto, un libro de poemas de Walt Whitman. Quería regresar a aquel libro, pero el tío estaba ahí, frente a ella, más muerto que vivo. Era la única chica del pueblo matriculada en la universidad. No quería hijos, sólo le interesaban los libros. Pero en las montañas eso no lo podías decir si habías nacido mujer.

—Que Dios nos ayude, Hana, hija mía.

—Amén, tío Gjergj.

Se le llenan los ojos de lágrimas de buenas a primeras y no intenta siquiera disimularlas. Le hacen cosquillas en el labio superior. Se pasa la lengua y bebe su nostalgia. Un niño corre hacia la entrada de una tienda que se llama American Eagle y una madre jovencísima corre tras él,

«¡¿Adónde vas, Eddy?!», y luego otras palabras que Hana no entiende; le cuesta entender la dicción de la población negra. Nuevas lágrimas le resbalan por las mejillas. Cierra los párpados, le tiembla la mandíbula y le duele el estómago.

—¿Por qué lloras, Hana? —Lila la zarandea, alarmada—. ¿Qué te pasa?

—No pasa nada, estoy bien.

—¿Cómo que estás bien? ¡Estás llorando!

—Estoy bien, Lila.

—¿Por qué lloras?

—No lo sé, me han entrado ganas de llorar y lloro.

—Estás muy triste.

—Ni un poquito siquiera.

—Dime la verdad.

—Es la verdad.

—No me vuelvas loca, dime qué te pasa.

—Déjame en paz, ¿quieres?

Dos chicas asiáticas han asistido a la escena sin hacerles mucho caso, con la mirada clavada en Hana y la cabeza en otra parte. Desgranan palabras en una lengua veloz hecha de picos vocálicos. Hana trata de recobrar la compostura.

—Empiezo a preocuparme —dice Lila.

Hana se acerca a ella.

—No tienes por qué. Es mi batalla, no la tuya.

—Quiero ayudarte. Quiero que seas una mujer normal lo antes posible.

—Eres ambiciosa, prima. Ambiciosa e impaciente.

—Era el trato.

—No hay prisa —musita Hana—. De lo que se trata, sobre todo, es de mi alma. Y al alma no se le mete prisa.

—Tienes treinta y cuatro años —protesta Lila—. No son pocos.

—No son ni la mitad de una vida.

—Y catorce de ellos los has vivido como hombre.

—No han sido años perdidos.

—Si sigues pensándotelo, cuando quieras darte cuenta serás una vieja —concluye Lila en tono de reproche.

Hana le acaricia el pelo. Los sonidos asiáticos a su espalda se han extinguido. Se vuelve y comprueba que las dos jóvenes ya no están. Devuelve su atención a Lila, que la estrecha entre sus brazos. La abraza largo rato. Una señora negra estilizada con rastas ocupa el sitio de las chicas. Lleva un vestido naranja con bordados verde agua en el escote generoso. Es guapa. Hana, envuelta en el abrazo de Lila, la observa. Cuando se separan, las dos se sienten mejor. La mujer del vestido naranja desbarata su postura de diosa y saca del bolso unos cascos y un reproductor de cedés como el de Jonida. Se encaja los cascos en la cabeza y al cabo de un momento empieza a moverse al ritmo de la música.

—¿Nos tomamos otro café? —propone Hana—. Y luego me llevas a esa librería que se llama Barnes & Noble. Me habló de ella el tipo que iba conmigo en el avión, O'Connor, el periodista, ¿te acuerdas? Tengo que comprarme un diccionario.

—Te llevo a la librería si antes compramos por lo menos la ropa interior.

—¿Me estás chantajeando?

—Sí.

Hana se echa a reír. Lila está seria.

—La ropa interior no necesitas probártela. Te compro calcetines, bragas y camisetas interiores, aquí las llaman *tank top*... ¿Te parece?

Hana se encoge de hombros. Su prima se levanta de pronto y se lanza al ataque. Al rato, regresa con dos bolsas llenas de cosas.

—Así ya te puedes olvidar de esto por un tiempo —murmura dejándose caer en la silla con una expresión victoriosa que Hana no entiende. Serán cosas de mujeres, piensa.

—¿Podemos ir a la librería? —quiere saber.

—Oye, una cosa —comenta Lila en un tono que no admite silencios—, ¿y con los sujetadores qué hacemos? ¿Has usado alguna vez?

—No.

—¿Tienes idea de la talla que usas?

—No.

—Bueno, pero eres de pecho pequeño.

—Eso parece.

—¿Y te has propuesto complicarme la vida con absolutamente todo? Dentro de un rato Jonida vuelve del colegio. Hemos perdido la mañana y mira: bragas y poco más. —Lila le enseña las bolsas con resignación.

—El pecho pequeño me ha ayudado a no encorvarme —dice Hana.

—Comprendo.

—No, no comprendes nada.

—Es posible.

—Te quiero, Lila.

—Avísame cuando te sientas preparada. Pensaba que la apariencia exterior ayudaría a lo demás, pero quizá me equivoque.

—Sí, te equivocas.

—Pensaba que si te veías por fuera...

—Te quiero, Lila.

—Ya te he oído. Yo también te quiero.

—No había pronunciado esas palabras desde que murió tío Gjergj. Es duro no poder decirle a nadie «te quiero» durante tantos años. En cuanto a lo demás, vayamos con calma —le ruega Hana—. No hay prisa.

—Pareces un hombre afeminado —dice por fin Lila, jugando casi su última baza—. La voz rara, el cutis descuidado... Aquí no te contratan cuando tienes un aspecto peculiar. Nadie quiere problemas, sólo mano de obra lo más normal posible. Es algo que debes entender.

—Y yo les diré que soy una mujer diferente.

—No es tan sencillo.

—No puedo correr tanto, créeme.

—Pero ¿por qué? Has tenido un año entero para pensártelo.

—La prisa me descompone.

No sabe nada de la carretera que están transitando, pero observa con atención los carteles. Lila pone la radio. Jazz. Hana mira por la ventanilla. Luego, trata de memorizar los cruces entre la 355 y las otras vías que la bisecan con frecuencia regular. ¿Es esto la vida normal?, se pregunta. Durante años se había preguntado cómo sería. La música sigue siendo muy bonita. No entiende nada de música, pero ésta le gusta.

Dentro de poco ella también conducirá, un poco más de paciencia y dispondrá de un coche viejo para ella sola. Dinero no le falta: el que acumuló transportando madera de la montaña a la ciudad. No ve la hora. Querría decírselo a Lila, pero no sabe cómo. Porque es una extraña, se dice Hana. El hecho de que sea su prima hermana no la vuelve una persona conocida, la vuelve su prima a secas.

—Acuérdate de que Barnes & Noble queda en el cruce entre Rockville Pike y Hubbard… Date cuenta de la cruz que me ha caído, llevando a una librería a una montañesa que llegó hace tres días a la ciudad.

Aparca. A la izquierda hay una cafetería, a la derecha una tienda de artículos para el hogar. Hana trata de memorizarlo todo.

—Mira, ¿te importa si no entro contigo y me doy una vuelta? —le propone Lila en cuanto se apean del coche—. No sé qué hacer en una librería.

Hana responde que le parece estupendo.

Se separan y ella se aventura en la librería. Echa un vistazo alrededor. Nadie repara en su presencia. Procura relajarse. En vano. A la derecha ve las cajas con la gente haciendo cola; delante de ella, una mesa inmensa con las novedades. Un poco más allá, las escaleras mecánicas.

Siente que se hiela, será por el aire acondicionado, al que no está acostumbrada. Hay bastante gente que lee sentada en sillones y sillas oscuras cerca de las cristaleras. Ella se refugia entre las estanterías. Decide imitar a los lectores que se han sentado en el suelo. Estira las piernas en el pequeño pasillo entre dos estanterías, la moqueta es marrón; sus zapatos, ridículos. Ante sí ve los diccionarios. Eres ridícula, se dice, tienes miedo, sigues teniendo miedo a pesar de que nadie te mira. Pero en realidad sí, a la izquierda hay una joven, quizá universitaria, con una pila de libros en la mano y unas gafas preciosas. La chica va vestida un poco como Jonida, sólo que más sofisticada.

—¿Puedo ayudarlo en algo? —le pregunta al cabo de un momento.

—Estoy buscando un diccionario de inglés.

—Acaba de llegar a la ciudad, ¿verdad?

—¿Cómo lo sabe?

La muchacha sonríe. Tiene una melena negra y abundante. En la mano lleva un bolígrafo; las uñas, cuidadas, largas, con una capa de laca plateada.

—Yo también pasé por lo mismo, hace cinco años. Estaba aterrorizada y apenas si hablaba cuatro palabras de inglés mal contadas. Lo primero que me compré fue un diccionario... Están detrás de usted —añade—. Justo se ha apoyado en ellos.

Hana se vuelve hacia los diccionarios y los acaricia largo rato.

—¿Qué, ya has elegido? —pregunta Lila de repente, dándole una palmadita en el hombro.

—Me llevo éste, que tiene un cuarenta por ciento de descuento. ¿Cómo lo ves?

—Yo de estas cosas no entiendo, cielo. A mí háblame de tejidos, detergentes, medicamentos, de cómo sacarse un dinerillo extra para llegar a fin de mes, pero de libros, ni papa. No pensarás encontrar trabajo aquí en América tirando de libros, ¿no?

—Trabajaré de peona, no te preocupes.

—En la obra no contratan a mujeres.

Lila comprueba el reloj. Se encaminan a las escaleras mecánicas. Hana se instala en el escalón con cautela.

—Pero de taxista sí que podría trabajar —dice para infundirse valor—. Mujeres conduciendo taxis sí hay, ¿no?

Lila está tensa. Observa a Hana tratando de disimular y estira la mano para apoyarla en su hombro. Queda poca cosa de la chica guapísima de antaño. Cuántos muchachos de las Montañas Malditas no amaron a Lila en secreto... Ahora ha cambiado. Tiene el frenesí en los ojos. También un toque de nostalgia que trata de ocultar. Y suficiente amor por su hija como para alimentar al mundo entero.

Durante el trayecto de regreso a casa, a Hana la embarga una euforia repentina. Es la tercera vez que recorre esta carretera —la 355, también conocida como Rockville Pike— y le parece que la conoce desde hace mucho. Por lo tanto, lo demás no será complicado. Sólo tiene que hablar con Jonida y explicarle todo, sólo tiene que convertirse definitivamente en mujer, sólo tiene que dominar mejor el idioma, sólo tiene que conseguir un empleo y una habitación propia, sólo tiene que ser normal, sólo tiene que olvidar.

Olvidar.

La soledad, el fin de la gloria de las cumbres, sus poemas que nunca serían un libro, el recuerdo de sus padres congelado en un día invernal.

—¿Adónde irás para hablar con Jonida? —pregunta Lila.

—Al parque donde estuvimos ayer.

—Prefieres que no os acompañe, ¿verdad?

Hana mira fijamente la carretera.

—Quiero estar a solas con ella. Comprobar si todavía soy capaz de contar una historia.

El parque está casi vacío. Una pareja corre vestida con sendos conjuntos deportivos idénticos; otro hombre trota empujando a un niño en un carrito con tres ruedas gigantes. Son las cuatro de la tarde, constata Hana, por hacer algo. Una familia de patos está parada en medio del prado. La carretera de detrás del parque se llama College Parkway, Jonida y Hana han tardado unos diez minutos en llegar.

Se sientan en un banco.

—Bueno, tío Mark, cuéntame —la incita la niña con una sombra de miedo en la mirada. Las largas piernas se cruzan, el pelo recogido en una cola de caballo se mece—. Llevo todo el día pensando en lo que tienes que decirme, eso que mis padres me ocultan y que yo he intuido, aunque no he desvelado nada.

Hana saca el tabaco. Jonida se lo quita de las manos.

—Es malo para la salud.

—¿Qué es lo que has intuido?

—Estamos aquí porque eres tú el que debe decírmelo, ¿o no?

—Quiero fumar.

—Es malo para la salud.

—Fumo desde hace catorce años, un pitillo más no me va a matar.

—¿Me prometes que lo dejarás pronto?

—Oye, que yo no soy tu padre.

La niña esboza una sonrisa, saca un cigarrillo y se guarda el paquete en el bolsillo.

—A ver, ¿quién eres en realidad, tío Mark?

—Soy tu tía, prima hermana de tu madre, Lila.

Carcajada incómoda. La pierna que estaba cruzada sobre la otra se apoya en el suelo de golpe. Jonida se pone de pie y se coloca frente a Hana, pero la traspasa con la mirada, observa la carretera.

—Sé que eres gay —dice en tono de confidencia—, es evidente. Pero…

—Espera —la interrumpe Hana—. ¿Gay, yo?

—¿Y qué si no? ¿A qué viene tanto misterio? Eres homosexual, me percaté desde el primer momento.

Hana ríe pero el humo la hace toser; ríe y tose. Se levanta y echan a andar. Jonida despliega la actitud de quien está de vuelta de todo.

—Tú no te has operado. Quiero decir, sexualmente eres varón, ¿no?

Hana sigue escondiéndose detrás de la risa.

—No —contesta—. No soy un hombre. Y tampoco soy gay, ni un poquito siquiera. Soy una mujer. Mujer de nacimiento.

La niña se sienta en el suelo, en el prado. Ha encontrado un claro donde la hierba recién cortada no pincha. Hana se le acerca y apaga el cigarro que no se ha terminado.

—No soy gay, y tampoco lesbiana —repite—. Sé que mi aspecto es extraño, que parezco algo así como un híbrido, pero soy una mujer.

—¿Y las tetas dónde están?

—Ahí. Aunque son pequeñas, existen. Llevo camisas holgadas, como ves.

Jonida calla. Hana le concede tiempo para que asimile.

—Ahora sí que no entiendo nada. Empecemos por el motivo por el que te vistes y te comportas como un hombre. Y por cómo has conseguido parecer un hombre, por raro que seas.

—Es una larga historia —musita Hana.

Es una historia realmente larga. Y ella ya está agotada. A su derecha, un poco más allá, un grupo de niños se mete en el prado grande y se dirige hacia un área de tierra batida.

—Juegan al béisbol —explica Jonida—. El año pasado formé parte del equipo de sóftbol, pero me aburría, así que lo dejé. Ahora juego al vóley.

Un chico patoso se da con el bate en la espinilla en vez de golpear la pelota. El entrenador le ordena que se tumbe. Exaltación.

—¿Qué sabes de las montañas, Jonida?

Su sobrina reflexiona y contesta midiendo sus palabras. Sabe que conforman una región sumamente pobre, que sus habitantes usan armas con normalidad y que se practica la venganza de sangre, por eso hay muchas reyertas familiares. Sus padres no hablan de ello a menudo, Lila sostiene que ahora son americanos y que hay que vivir en el presente. Sabe también que un chaval montenegrino que cursa octavo en su colegio habla albanés y no serbio, lo que significa que también hay albaneses en Montenegro, aunque no muchos. Y sabe que le gustaría ir en algún momento para verlo todo con sus propios ojos. Un día le gustaría hacer algo por su país…

—Mi historia tal vez sea menos complicada de lo que parece —afirma Hana.

Sus padres murieron en un accidente de autocar cuando se dirigían a la ciudad para acudir a una boda. Aquellas pistas sin asfaltar estaban hechas para los animales. Hana se quedó huérfana a los diez años.

—Espera —la interrumpe Jonida—, estás yendo muy rápido, lo estás contando demasiado… —Deja la frase en suspenso. Una cosa que ha aprendido de su padre, las frases que quedan colgadas de clavos hechos de aire—. ¿Qué tiene que ver la muerte de tus padres con el hecho de que finjas ser un hombre?

Hana se rasca la frente.

—Transformarse en hombre no cuesta tanto —contesta—. Hice juramento de que no me casaría jamás, es una costumbre que existe solamente en el norte del país. Te explico: cuando en una familia no hay descendencia masculina, una de las hijas jura comportarse como un hombre y seguir siéndolo hasta el fin de sus días. A partir de entonces asume todas las funciones y las tareas de un varón. Por eso yo me convertí en el hijo que mi tío nunca tuvo. Tío Gjergj era el hermano de mi padre, él fue quien me adoptó y me crió tras la muerte de mis padres.

—No lo entiendo.

—A ver, te lo he contado muy a grandes rasgos.

—No lo entiendo. ¿Por qué la mujer no asume las funciones del varón sin renunciar a ser mujer? ¿O por qué no hace lo que le salga de las narices y punto?

La voz de Jonida suena alarmada. Hana se siente culpable. Respira hondo y cierra los ojos.

—¿Y bien? —insiste su sobrina, percatándose de que a Hana la perturba la pregunta.

Sólo un hombre puede ser cabeza de familia. Sólo un hombre goza de la libertad de ir adonde le plazca, de dar órdenes, de adquirir tierras, de defenderse, de atacar si es necesario, de matar o de dejarse matar. A los hombres se les conceden la libertad y la gloria, además del deber. A las mujeres se les reserva la obediencia. Y ella tenía un problema con la obediencia, eso es todo.

Le cuenta a Jonida todo esto mirándola directamente a los ojos, sus palabras como alfileres acusadores e inútiles; la cría no tiene culpa ninguna, salvo la de vivir lejos de la tierra que parió esta especie de fábula perversa.

—Fui mujer hasta los diecinueve años —continúa Hana—. El tío y su mujer, Katrina, me querían mucho.

Jonida se mete la mano en el bolsillo y saca el tabaco de Hana, le ofrece un cigarrillo.

—El tío se puso enfermo, un tumor. A mí me tocaba ir a retirar los medicamentos a la ciudad una vez al mes; para hacer eso no podía ser mujer. Intervenía la cuestión del honor, de la moral, de la inviolabilidad de la mujer... Es un tema largo de explicar hoy, ahora mismo. —Hana da dos caladas profundas—. Resumiendo, no me anduve con rodeos y me vestí de hombre. Luego el tío murió, y aquí estoy.

Jonida toquetea un botón, toquetea la cajetilla de tabaco, le pasa un brazo por los hombros a Hana, apoya la cabeza, no se siente cómoda. Se levanta, se arrodilla frente a ella.

—¿Por qué no volviste a ser mujer después de que él muriera?

—No se puede dar marcha atrás.

—¿Por qué no?

—Porque así lo impone la ley, la tradición.

—¿Y qué pasa si lo incumples?

—La ley no se incumple, así de sencillo. Si faltas a tu juramento, te pueden matar. Y no se tiene constancia de que ninguna virgen jurada haya roto su juramento.

—¿Y los chicos? ¿No te gustaban los chicos?

Hana sonríe. Está muerta de cansancio.

—La Albania de entonces no era como Estados Unidos de hoy en día. Eran las montañas. Era distinto.

—Pero ¿te gustaban los chicos, sí o no? —insiste Jonida.

Hana repite que allá en el norte todo era diferente. Callan, observan a los jugadores de béisbol. Luego, Jonida le pregunta cómo debe llamarla de ahora en adelante.

—Llámame por mi nombre y ya está. Nada de «tía». Llámame Hana.

—A mamá no le va a hacer gracia.

—Déjamelo a mí.

—Vale, *cool*.

—¿Nos vamos a casa?

—Pero ¡no me lo has contado todo!

—Haría falta una vida entera para contártelo todo, Jonida.

—Bueno, la tenemos.

2.
1986

—Gracias a Dios que has llegado —dice tío Gjergj—. Lo has conseguido a pesar de la nevada.

No hay luz, el temporal la ha sustraído tanto de las casas de Rrnajë como del resto de la comarca. Los postes de alta tensión se han venido abajo como si fuesen corteza de pan humedecido. El gélido manto les llega a las caderas a los adultos de estatura media y cubre a los niños hasta los ojos. Fuera no hay ni un alma, sólo la nieve muda que cae acompañada aquí y allá del tañido del cencerro de alguna cabra extraviada.

La lámpara de aceite extiende la sombra de tío Gjergj por la pared de piedra de la *kulla*.

—Bienvenida, hija mía —la saluda tía Katrina.

Es una mujer alta, enjuta, con la cabeza tocada por un turbante blanco. Se parece a Lawrence de Arabia, pero sin el desierto, piensa Hana. Ha visto la película en Tirana, tía Katrina es una versión femenina de Peter O'Toole.

—¿Tienes hambre, vida mía? —pregunta.

—No, gracias.

—Pero dentro de un rato comeremos igualmente.

—Vale. ¿Te ayudo?

—No, cariño. Tu tío quiere hablar contigo. Yo me encargo de todo.

Katrina desaparece en la negrura de la *kulla*. Tío Gjergj está tumbado, no es propio de él. Si no fuera por la oscuridad, Hana habría reparado en que está muy pálido. Pero no lo ve. Es un hombre fuerte y guapo; las arrugas de su rostro son un mapa dibujado con esmero.

—¿Te has cruzado con alguien del pueblo por el camino?

Hana niega con la cabeza.

Ha visto el mar antes de llegar. Blerta, compañera de universidad, subió al norte con ella. Vive en un pueblo del litoral a las afueras de Shkodër. La víspera, Hana se quedó en su casa a dormir, a la espera de un autobús de línea que la llevase hasta la aldea. El mar estaba picado, unas olas grandes bufaban una ira multicolor.

En casa de Blerta, durmió como un tronco. Caballos salvajes vagaban por la playa desierta, las sábanas emanaban un perfume de sal marina.

—Quédate un día más —le rogó Blerta—. A ti te gusta el mar.

No podía, algo grave había ocurrido en casa. El tío nunca la había mandado venir desde Tirana; si lo hacía, debía de tener un motivo serio.

Hana se marchó llevándose consigo un puñado de arena en una taleguita.

—Te espero —le dijo Blerta—, dentro de una semana nos volvemos juntas a Tirana. Tenemos el seminario de Literatura del Renacimiento.

—Vale, Blerta. *Tungjatë.*

—¿Ahora te despides como los montañeses? —bromeó su amiga—. ¡Chao!

A Hana le gustaba despedirse con un *tungjatjeta*, la mano en el corazón, las miradas solemnes, las frentes que, por un instante, se tocan para sellar el carácter sagrado de la despedida. *¡Que tu vida se prolongue!*

Observa su ropa casi de ciudad; en la penumbra de la *kulla* parece bonita.

—Estoy enfermo —dice tío Gjergj—, me ha salido algo en la garganta. Dicen que es grave, a veces me ahoga y no puedo ni hablar. Por eso te he pedido que vengas. Los médicos no me dan esperanzas. Quería que lo supieras.

—¿Desde cuándo lo sabes?

—Dos meses.

—He soñado que tenías una montaña en la espalda y caminabas encorvado, la montaña era de tierra seca y mientras andabas se te desmoronaba alrededor, avanzabas envuelto en una nube de polvo amarillo.

Gjergj ríe, la luz de la lámpara le agiganta la boca.

—Siéntate —le dice.

Hana obedece. Entre su tío y ella, la mesa de madera antigua. A él le cuesta mucho sentarse. Ahora Hana ve el cuello pavorosamente hinchado, el esfuerzo que hace para mover la mandíbula con normalidad mientras habla. Le pregunta por la universidad y ella contesta que dentro de unos días tendrá un seminario importante sobre el renacimiento de la literatura albanesa. Gjergj reconoce que no sabe lo que es un seminario y Hana se lo explica.

—¿Y el renacimiento?

—Es el resurgimiento cultural de una nación tras un periodo de oscuridad. En nuestro país, el renacimiento tardó más en llegar que en el resto de Europa, fue a partir del fin de la ocupación otomana.

—Qué cosas más complicadas, hija mía.

Hana calla. Gjergj es un hombre inteligente que a menudo juega a hacerse el tonto. No le costó nada convencerlo para que la dejara ir a la universidad. En la *kulla* no hay libros. Sí una Biblia muy bien escondida, y también una historia del héroe nacional, Skanderbeg. Nada más. Aun así, ella siempre ha pensado que Gjergj sabía mucho más de lo que daba a entender.

—¿Eres feliz allá en la capital?

—Sí, mucho.

—¿A pesar de las chorradas comunistas con las que os atiborran?

«Atiborrar» no es un verbo común, no para un hombre que apenas si llega a escribir su propia firma, no para un pastor. Hana sonríe complacida.

—Es bonito igualmente —responde—, a pesar de las chorradas. Más bonito que esto.

—Bien. —Pausa—. Siento mucho haberte hecho venir, hija.

—¿Qué dicen los médicos exactamente?

—El pan está listo —anuncia con delicadeza tía Katrina.

Ni Hana ni Gjergj la han oído llegar. Hana no se mueve. La mujer se sienta a su lado. Katrina sufre del corazón y está viva de milagro. Es el gran amor de Gjergj, se comportan el uno con el otro como si no viviesen allí. Son montañesas las palabras que emplean; los gestos, no.

—He preparado alubias. Si no te las comes se van a enfriar, vida mía.

Hana la toma de la mano.

—Cuéntame cómo están las cosas en realidad, tío Gjergj.

—Dicen que me queda poco de vida. Que aunque me operen no hay garantías de que me salve. Y quería contártelo en persona.

—No puede ser.

—Es que por lo visto llevo tiempo enfermo sin saberlo. Y consideran que ya es demasiado tarde.

—Tú te vienes conmigo a Tirana, verás como allí los médicos te dirán lo contrario. Son los mejores del país.

El tío niega con la cabeza. A Hana se le encoge el estómago, pero no consigue llorar. Nunca lo ha hecho delante de él, sería como defraudarlo. Ahora la montaña retumba. La nieve está cansada de caer. El techo de la casa pesa dos siglos de vida.

—Se está quedando todo frío —se lamenta Katrina.

—Tú te vienes a Tirana, tío Gjergj.

La cena está rica. Las patatas se deshacen en la boca, las alubias tienen un sabor ahumado, el pan es duro y deforme. En la ciudad se come un pan blanco muy diferente. Nadie dice nada. Katrina cubre a Hana de miradas maternales. La vida no le ha dado hijos, pero la premió regalándole un hombre que la ha querido y la ha tratado bien, algo poco común en aquellos pagos. Katrina colma a Hana de atenciones, le ofrece un gajo de cebolla, le rellena el cuenco de alubias.

—Te has quedado con hambre —le dice al final.

—Uy, qué va, si he comido un montón.

—Te has convertido en una chica de ciudad, Hana —sonríe Katrina—, usas sonidos diferentes. Hablas como una catedrática. ¿Y el pelo? ¿Qué te has hecho en el pelo? Lo tienes precioso.

Gjergj mira a su mujer con disimulo.

—Háblame del idioma de los ingleses, hija —ordena entonces.

—¿Qué te puedo contar? Es una lengua que habla de lugares hermosísimos, tío.

Él enciende la pipa. Mira la pared renegrida a su izquierda, de pronto se le nota nervioso.

—Te parecen hermosísimos sólo porque están lejos —zanja con sequedad.

Y guarda silencio de nuevo.

Los días siguientes, los libros de Hana quedan desperdigados por su habitación, amueblada únicamente con una cama y un armario viejo al que le cuesta abrirse. La ropa huele a leña y a moho, no hay jabón que consiga eliminar ese olor.

Una mañana, Gjergj sale de la *kulla* y ni Hana ni Katrina se atreven a detenerlo. Va a fumar afuera, entre la nieve. Sentado en un tronco en medio del patio, visto de espaldas semeja una escultura. Entonces le da un ataque de tos y se defiende como puede, los hombros se estremecen hasta que el cansancio lo obliga a entrar. Está pálido. En otra parte. Hana lo escudriña con ojos desorbitados.

Cada seis horas, Katrina le suministra a Gjergj unas pastillas que Hana no quiere ni ver. Los libros siguen abiertos en el cuarto. Y piensa que uno no llega muy lejos con el dolor metido dentro. Si no le plantas cara, el dolor seguirá avasallándote. Se te queda enconado, una masa de fango negro. Si lo encaras de frente, en cambio, quizá haya esperanza de que se marche. Hace un esfuerzo por embestirlo.

Al tercer día se pone toda la ropa que encuentra y sale de la *kulla* sin hacer ruido. Camina casi con los ojos cerrados. No hay mucho que ver. La nieve humea en el valle, oscureciéndolo todo. Al cabo de un momento, un perro a la fuga se choca con sus piernas. Se asustan los dos. El animal menea la cola, la mira. Es el perro de los Bardhaj, le gusta hacer el amor con las ovejas; es la vergüenza de sus dueños y el amigo de todos los niños del pueblo, no la morderá. Le lame la mano. Y cada uno se marcha por su lado.

Entra en el minúsculo dispensario del pueblo sin cruzarse con nadie, aunque de una sala le llega el llanto de un niño pequeño. Poco después sale el médico, seguido por la madre del niño y por la única enfermera, acompañados todos del perfume de los polvos de talco.

La madre es joven, tendrá la edad de Hana, se despide con un ademán y se marcha.

—Hola, Hana —la saluda el médico—. Bienvenida. ¿Cómo estás?

—Buenos días, doctor. —Hana evita la palabra «camarada».

—¿Has llegado hoy de Tirana?

—No, hace tres días.

—Gjergj está muy enfermo, tiene un tumor. Lo acompañé personalmente a Shkodër, Hana. Lo siento.

El hombre tiene treinta años. Habla un albanés literario de vocales abiertas y prosodia elegante. Su presencia en Rrnajë es un castigo: su familia en la capital tiene problemas con el régimen. Dicen que a un tío suyo escritor se le escapó alguna palabra de más.

—Tío Gjergj siempre ha estado sano como un roble —dice Hana—, tan enfermo no puede estar...

—Lo está.

En un rincón de la consulta hierve una cafetera. Detrás del médico, la ventana está empañada. De la pared que queda a la izquierda de Hana cuelga la foto del difunto dictador Enver Hoxha.

—¿Cuánto tiempo le queda, doctor?

—Cuatro meses quizá. Seis a lo sumo, si toma los medicamentos con regularidad.

—Los toma.

—No debe olvidarse ni una sola vez.

—Los tomará.

—Hana, no lo has entendido. Son carísimos y el Estado no los facilita gratuitamente. Y hay que ir a buscarlos a Shkodër todos los meses.

—Pero ¿a vosotros no os llegan suministros con regularidad?

Él sonríe, pero con discreción; para no revelar signos de descontento o algo peor, se dice Hana. Estira los brazos, la bata blanca está raída de tantos lavados, es casi transparente.

—Lo llevaré a Tirana —murmura ella.

El médico la escudriña con una mirada afligida. Su semblante es anodino, salvo por el pelo crespo y un pelín largo de más por delante, una osadía prohibida por los cánones de la estética socialista. Está triste y sus razones tendrá, piensa Hana. Es un hombre triste y solo.

—Una compañera de clase es hija de un cirujano famoso. Quién sabe, a lo mejor podría hablar con su padre y que él ayudara a tío Gjergj.

Hana pronuncia el nombre del posible salvador. El médico lo conoce, trabajó un tiempo como ayudante suyo, antes de… Hace un ademán. Antes de acabar enterrado aquí, adivina Hana.

—¿Cómo está mi Tirana? —pregunta entonces en voz baja.

—Está bien. Sí, es bonita.

Es apasionante, quisiera añadir, pero se guarda de hacerlo. El dictador sólo lleva muerto un año y la población de Tirana parece esperar que, de un momento a otro, se obre el milagro. En la universidad corren rumores acerca de una posible apertura a Occidente, bajo los pupitres circulan libros prohibidos como nunca antes.

—Regresarás pronto, imagino… —El médico sonríe, desorientado, vulnerable. Casi guapo. El sufrimiento le sienta bien.

Hay gente que se vuelve guapa incluso después de muerta. Recuerda el cadáver de su padre; les habían dado sepultura a los dos durante un espléndido día soleado. En vida, su padre no fue un hombre apuesto; muerto, sí. A su madre, en cambio, no le permitieron verla. Tío Gjergj le dijo que era mejor así, mejor que no la viera. Su madre en vida fue una belleza.

—No volveré a Tirana sin el tío —le dice Hana al médico—. ¿Me ayudarás a llevarlo?

—De acuerdo, te echo una mano, así voy yo también a ver a mis padres. Todavía tengo amigos en la capital. —Juega con una pluma—. ¿Has traído algún libro, Hana?

—En inglés. Sólo tengo *Grandes esperanzas* de Dickens y el primer tomo de la historia del Reino Unido.

—Me valen. Lo que sea. Te los devuelvo enseguida.

—De acuerdo.

No se dicen nada más. Llama a la puerta la enfermera. Hana sale. A medio camino se echa a llorar, levanta la cabeza, mantiene los ojos abiertos. La nieve se le insinúa entre los párpados. ¿Cómo hace el muerto para ajustar cuentas con su alma antes de morir? Debe de ser duro. El momento de despedirse del cuerpo, el momento de llorar por la despedida, el momento de rendirse: al alma no se le puede meter prisa, no es un juego de prestidigitación.

Agacha la cabeza y se desahoga en voz alta, el temporal es un edredón inmenso que anula el sonido de los sollozos. Llora, quizá por el médico de la bata raída, quizá por el perro de los Bardhaj que no sabe amar a las otras perras y se ha obsesionado con las ovejas, quizá por un estudiante de Filología Francesa que unos días antes, en el comedor, le había dicho que ella, Hana Doda, era guapa. Llora y llora y no puede parar.

El médico llega a la *kulla* de los Doda al día siguiente. Reconoce a tío Gjergj, beben café juntos, le toma la tensión, le palpa el bulto del cuello, le deja un jarabe para cuando la tos se proponga estrangularlo. Ve a Gjergj fumar en pipa, se fuma una con él sin soltarle un sermón. Luego, se levanta. En la puerta, Hana le ofrece los dos libros.

Katrina y Hana lo miran alejarse. El médico lleva la escopeta como un perfecto montañés; si no fuera por los andares, demasiado urbanos, cabría confundirlo con un lugareño. Los del Partido, en el pueblo, le han concedido un permiso especial para ir armado en razón de los lobos, que este año están particularmente agresivos. Un día intentaron colarse en el dispensario buscando alimento. A los montañeses, en cambio, se les ha prohibido llevar escopeta, salvo a los forestales y los pastores. Gjergj Doda tiene una porque es pastor.

La nieve concede una tregua. Los de la compañía de electricidad acuden para enderezar los postes de alta tensión, pero se hunden en la nieve y no consiguen hacer su trabajo. Renuncian y se van, dejando las herramientas y unas comas gigantes de hierro en las dependencias de la cooperativa agrícola.

En la oscuridad de la *kulla*, tío Gjergj jadea. No puede hablar ni dormir. Hana le hace compañía. Tía Katrina no se separa de su lado y reaviva las brasas del calientapiés de cobre.

—Tienes que irte, hija —susurra tío Gjergj en un momento dado—. Tienes que volver a la universidad.

Hana lo mira con ganas de abrazarlo, pero no se atreve. Se limita a decirle que al cabo de dos días, en cuanto hayan despejado la carretera, lo llevará a Tirana.

—Mira que eres cabezota —comenta tío Gjergj; le tiemblan las manos y la barbilla.

No devuelve la mirada a su sobrina por miedo a las lágrimas. De nuevo el deseo de abrazarlo. En lugar de eso, se queda dormida, hecha un ovillo, y nota que Katrina le cubre los hombros una manta de lana áspera.

Cuando por fin consiguen bajar a Tirana ya es marzo y el tiempo en la capital es templado.

—Probemos a operarlo de todas formas —dicen sin mucha convicción un par de médicos.

El hospital civil es un pulular constante de gente. Al otro lado de la tapia está la academia militar. Hana, Katrina y el enfermo están sentados en un banco verde del gran patio, esperando su turno para una segunda opinión. Otro equipo médico ha accedido a examinar a Gjergj. Al otro lado de la tapia, una voz imperiosa da órdenes como quien hace restallar un látigo; botas que retumban; manos en movimiento; un rítmico repiqueteo metálico; armas que cambian de mano.

El médico del pueblo ahora parece otra persona. Afeitado, vestido de limpio, hasta se ha puesto perfume.

—Extravagancias de gente de ciudad —susurra tía Katrina—. Un hombre que se perfuma, *ku ku moj nanë*.

El médico anda de acá para allá. Habla con colegas y enfermeras. Va y viene. Les trae *byrekë* para comer, dice que nunca se sabe, que la esperanza es lo último que se pierde.

Hana se presentó en la secretaría de la Facultad de Letras y contó su problema. Necesitaría ausentarse aún un par de días para acompañar a su padre a las citas médicas. Sus padres no conocían Tirana y, sin ella, estarían muy perdidos.

—En tus papeles pone que tus padres fallecieron cuando tenías diez años —le contestó la secretaria.

—El enfermo es el hombre que me crió, por lo tanto, mi padre.

—Lo que tú digas —rezongó la mujer con desconfianza.

Hana se quedó mirándola, parecía un topo: pelo teñido que hacía un flaco favor a las facciones pálidas del rostro, hocico de roedor, ropa extranjera. Se contaba que su marido —muerto tiempo atrás— había sido diplomático. Sus compañeros de clase la habían advertido: si la secretaria te cogía manía, se acabó. Era miembro del Partido, a veces les levantaba la voz incluso a los docentes.

—Es mi padre —repitió Hana antes de abandonar las oficinas de secretaría.

—Dos días, se te conceden sólo dos días de ausencia justificada —oyó que gritaba a su espalda.

Los militares del otro lado de la tapia están marchando. Tía Katrina ha venido ataviada con el traje folclórico, es la mejor ropa que tiene. Así de acicalada parece irreal.

En la ciudad se la ve menos atolondrada, se sienta muy cerca de su marido, lo toca abiertamente, rompe el silencio con grititos de curiosidad. A tío Gjergj no le desagrada ver a su mujer sonreír.

—¿Cómo consigues no perderte aquí estando tú sola, vida mía? —pregunta Katrina cada dos por tres—. ¡Con tanta gente como hay!

Hana ríe. Le aprieta la mano a tío Gjergj, que ese día está guapísimo y parece salido de un cuadro de Marubi. No se aprecian signos de enfermedad en su rostro, al cuello lleva una bufanda roja y se ha puesto el traje azul oscuro. Camisa blanca. El *qeleshe* en la cabeza. No tose, no sufre, no hace preguntas. Disfruta del sol. Y deja que Hana le agarre la mano.

Los médicos lo reconocen más tarde, intercambian miradas perplejas.

—Hay que operar ya —dicen—. No hay tiempo que perder.

Llevan a Hana a una sala aneja.

—¿Eres mayor de edad? —le pregunta uno de ellos.

—Estudio en la universidad, tengo diecinueve años recién cumplidos.

—¿Hermanos? ¿Hermanas?

—No, sólo yo.

—¿Cómo te llamas?

—Hana.

—Mira, Hëna…

—Hana, no Hëna.

Amaba su nombre. Amaba la *a* del medio, su sonido delicado. En el sur la *a* se pronunciaba más cerrada: Hëna.

«Hana sol», así la llamaba su madre. Recordaba a su madre de cuando era pequeña. Cantaba. Si no hubiese nacido en las montañas, la madre de Hana habría sido cantante.

«Hana sol».

—Has de tomar una decisión, joven —insiste el médico que parece ser el jefe del equipo—. Cuanto antes operemos a tu tío, mejor.

—Es mi padre. ¿Hay esperanza, camarada doctor?

—No lo sabemos todavía.

—¿Sufrirá mucho?

—Sufrirá más si no lo operamos.

—Pero hay esperanza. ¡Tiene que haberla!

Los médicos intercambian miradas.

—Aunque no podemos garantizar nada, haremos todo lo que esté en nuestra mano. Si conseguimos extirpar el tumor por completo, es posible que salga adelante.

—¿A él le habéis dicho que tiene posibilidades de curarse? Los médicos de Shkodër le dijeron que no había esperanzas y él se ha convencido de que ésa es la realidad.

—Allí no están en condiciones de realizar una intervención quirúrgica tan compleja.

—¿Qué probabilidades hay, camarada doctor?

—Tal vez un treinta por ciento. En cualquier caso, aunque no logremos salvarlo, vivirá más tiempo.

—¿Cuánto más?

—Quizá hasta un año. Quizá más. O menos. Ve y habla con tu tío. No quiere operarse. Debes convencerlo.

—Es mi padre. Os he dicho que es mi padre.

El hotel que Hana ha encontrado para Gjergj y Katrina es modesto y limpio. El restaurante sirve únicamente espinacas y arroz.

—Y yo que pensaba que sólo éramos pobres en el norte —comenta tío Gjergj—... Y resulta que aquí, en la ciudad, tampoco es que naden en la abundancia.

En cualquier caso, come con gusto a pesar de que le cuesta tragar. El camarero lleva un uniforme desgastado. Aunque los trata con suficiencia porque ha oído el acento del norte, ninguno de los tres se arredra. Katrina está intranquila porque otra persona la esté sirviendo a la mesa.

—Relájate, tía, aquí se estila así. ¡Es un restaurante!

—Qué vergüenza, yo sentada mientras un hombre me pone de comer.

—Es camarero, le pagan para que haga justo eso.

La habitación está en el tercero. Hana pasará la noche en la residencia. Por la mañana se levantará y saldrá temprano, así ninguna compañera tendrá ocasión de hacerle preguntas.

En cuanto se meten en la habitación, Katrina se queda dormida. Ese día el corazón no ha respondido particularmente bien. Antes de salir del hospital, el médico del pueblo le ha dado un par de pastillas.

Hana y Gjergj se asoman al minúsculo balcón. Él fuma. Abajo, en la calle, la gente da el tradicional paseo vespertino, sin ganas de volver a casa.

—¿Por qué insistes en hacerme pasar por quirófano, hija mía? —pregunta tío Gjergj—. Sabes muy bien que es inútil.

—Los médicos dicen que hay esperanza.

—Experimentos es lo que hacen ellos, Hana. Tú ya no eres una niña, pronto serás una mujer que sabe cómo funciona el mundo. Yo he cumplido con creces en esta vida. ¿Qué hago aquí todavía?

Debe de ser la décima vez que hablan del tema. Las fuerzas lo están abandonando. Hana lo percibe en su voz, en sus hombros que se cargan a pesar del esfuerzo por mantenerse erguido.

—Hazlo por mí, tío Gjergj. Accede a que te operen por mí.

—Pero si precisamente lo estoy haciendo por ti, hija mía. No quiero haceros sufrir ni a Katrina ni a ti.

—Y yo te digo que quiero que lo intentes. A lo mejor los médicos te abren y descubren que el tumor es menos grave de lo que creen.

—Me da la impresión de que no hay nada que hacer, Hana.

—Te lo ruego —insiste ella, y se deshace en lágrimas—. Déjate operar. Nunca antes te he pedido nada.

Gjergj se queda en silencio largo rato.

—Deja que me vaya —le suplica por fin.

Por debajo del balcón pasa un camión militar. Los soldados del remolque descubierto van sentados en dos hileras, taciturnos, la luz de las farolas tiñe sus caras de un tono parduzco.

—¿Y en la tía no piensas? —Vuelve a la carga Hana.

—Ya lo creo que pienso. He hablado con Katrina del tema.

—¿Y?

—Ella también quiere que me opere.

—¿Ves? ¿Cómo puedes tirar la toalla? Nunca te has arredrado ante nada.

—¿Y tú qué sabes, niña? —murmura Gjergj; la sonrisa le sale torcida—. ¡La de veces que habré reculado! Muchas, muchas veces... Y muchas cosas hay que tú no sabes. Nuestras montañas con los comunistas... No soy el hombre que tú piensas.

Lo que está diciendo es una crueldad, piensa Hana, lo que se están diciendo, lo que ella le está pidiendo, todo ese mar de palabras.

—Opérate por mí —prueba por última vez—. Te lo suplico. Llevas una bala dentro del cuerpo desde hace cuarenta años y nunca te has quejado, ¿qué es para ti un bisturí?

Hana sigue llorando. La barbilla toca el cuello y las lágrimas ruedan hasta mojarle el vestido.

No es un corazón, qué va, sino una sandalia de piel de búfalo que camina, camina incesante.

—Está bien —dice Gjergj—. Que me operen. Y ahora quítate de mi vista antes de que cambie de idea.

Hana lo ayuda a volver a la habitación y a continuación se encamina hacia la ciudad universitaria.

A esas horas no hay autobuses, sólo el traqueteo de unas cuantas bicicletas: dos ruedas fantasmales y el pálido centelleo del manillar. La oscuridad oculta a los ciclistas.

El portero del dormitorio la mira de través.

—¿A ti quién te ha educado? —refunfuña—. Una muchacha sola a estas horas de la noche…

A Gjergj Doda lo operan dos días más tarde. Los médicos aseguran que la intervención ha ido bien.

—Mejor de lo previsto —confirma el médico del pueblo, que ese día debe regresar a Rrnajë—. Vendré a llevarme a Gjergj cuando le den el alta. Solicitaré una ambulancia. Todavía le quedan un par de semanas largas en el hospital.

Hana se fija en que ese día el médico tiene una mirada de condenado a muerte. Le gustaría preguntarle si tiene una novia en Tirana; qué es lo que más echa en falta, el cine, los restaurantes donde sólo sirven arroz y espinacas, o los libros en lenguas extranjeras leídos a escondidas.

Él la observa con especial intensidad mientras le habla. Ella se concentra en un eslogan escrito en rojo en el muro desfigurado, faltan dos letras: EN UNA MA O EL PICO, EN LA OTRA LA ES OPETA.

Ama Tirana. Nunca había pensado que pudiera amar más el asfalto que los valles. Por eso ahora comprende la desolación del médico.

Hana también ha intuido que no pasa desapercibida en los pasillos de la universidad. Su silencio llama la atención. Sobre todo la de los hombres, que hacen lo que sea con tal de conseguir que se suelte a hablar. Y Hana charla con ellos; esas conversaciones la agotan, pero se ha acostumbrado. A veces hasta se ríe.

—¿Por qué estás siempre triste? —le preguntó un día una estudiante de Filología Turca.

—No estoy triste. Estoy esperando que ocurra algo digno de comentarios; el resto lo contemplo.

—Tengo entendido que escribes poemas.

—Sí, a veces.

—¿Me dejas leer alguno?

—No.

La chica se ríe.

—Mira que eres rara.

Hana esboza una sonrisa. La otra tiene un bosque de pelo color paja que no se ha quemado por efecto del sol.

—Me llamo Neve y estudio Letras Turcas. ¿Conoces a Nâzim Hikmet?

—He leído sólo dos poemas suyos, así que no puedo decir que lo conozca.

—Entonces te paso varios en albanés. Te va a encantar. Toma, de propina te doy otros diez que he intentado traducir yo.

Hikmet selló la amistad entre Hana y Neve. Hana se enamoró perdidamente del poeta turco. Quizá también por eso ama Tirana. Aquí podía descubrir nuevas pasiones y conocer gente distinta, como Hikmet, como Neve, como las palabras insólitas de su idioma, como los escritores que nunca llegaban a las montañas.

—Hana, deja de pensar en las musarañas. No me puedo entretener más, tengo que irme.

—Gracias por todo.

—Gracias a ti, por los libros. Y también por existir.

Hana sonríe para sus adentros.

—A veces me siento solo allá arriba —confiesa el médico—. Mis amigos están aquí, en Tirana, así que... Bueno, nos vemos pronto. ¿Te veré dentro de dos semanas, cuando regrese?

Hana da media vuelta y se mete en el hospital. No está preparada para esa clase de preguntas.

Mientras Gjergj se recupera poco a poco de la operación, Hana decide darle una sorpresa a tía Katrina.

—Quiero enseñarte dónde vivo —le dice un día.

Gjergj está conectado a las máquinas, pero sonríe.

—Te la robo un rato, tío.

La mujer, la esposa, la amiga, la amada da un beso en la frente a Gjergj. Él no puede impedírselo. Está embaucado. Katrina le da otro beso ante las miradas de Hana y de una enfermera. Y otro. Y otro. Tras lo cual tía y sobrina salen del hospital agarradas del brazo. A Hana le gustan los andares de su tía, de pequeña intentó imitarla sin éxito. Da unas zancadas largas y vigorosas a pesar de su débil corazón.

Hana guía a Katrina al interior de un autobús, la sienta, su vestido de colores resuena igual que una música en medio del torpor de los demás pasajeros.

—¿Cuánto cuesta aquí el billete? —pregunta la anciana, intimidada y curiosa, sin dejar de examinar los letreros extranjeros en las paredes del vehículo—. ¿Qué idioma es ése?

—Francés.

—¿Por qué nuestros autobuses tienen mensajes en francés?

—Porque el Gobierno se los compró a Francia, de segunda mano.

—¿Ah, sí? ¿Tan lejos fueron a buscarlos?

Hana se sienta a su lado y apoya la cabeza en el hombro de Katrina. Ella le da un beso en el pelo. Se queda callada un momento y luego añade:

—Pero… ¿los franceses son comunistas?

—Noo, ¿qué dices? Los franceses qué van a ser comunistas.

—¿Ni siquiera un poco?

—Quizá alguno, pero el Gobierno no lo es.

—¿Y entonces por qué han hecho negocios con nosotros?

Katrina se llena los ojos de ciudad. Charla con las chicas de la residencia, les pregunta de qué parte de Albania provienen. Observa la ciudad universitaria desde la ventana del cuarto piso. Acaricia la cama de Hana, se mira en el espejo. «¡Qué guapa es tu tía!», exclama una chica de Durrës. «Uy». Katrina está abochornada. Las compañeras sonríen. Una de ellas ha traído de casa un *byrek* de cebolla grande y se lo reparten acompañándolo con agua del grifo. Katrina da las gracias mil veces y come con ganas.

Más tarde, Hana la acompaña de nuevo al hospital. El horario de visitas terminó hace un rato, pero el portero se aviene a mirar para otro lado mientras las dos mujeres se cuelan en el pabellón de Gjergj.

Duerme, sedado. Katrina lo venera con la mirada, le acaricia el dorso seco de la mano amoratada por culpa de los pinchazos de la vía.

—Algún día, cuando te cases —le dice a su sobrina—, tendrás un hombre así de bueno.

—¿Y si ninguno así de bueno me quiere?

—Cómo no te va a querer a ti un hombre bueno. ¿A una mujer como tú, con tu sabiduría y tu cabeza, y con esa carita de extranjera? Caerá rendido a tus pies en cuanto te vea.

—¿Y cómo es la cara de extranjera? —ríe Hana.

—Pues guapa y lisa, como la tuya.

—Pero si soy un retaco.

—Eres menuda y estás bien proporcionada. Tienes un pecho precioso.

—Demasiado pequeño, tía, ni siquiera se ve.

—Se ve cuando no andas encorvada como si temieras las miradas de los hombres.

Hana nunca la había oído hablar en esos términos.

—Nunca hemos hablado de estas cosas, pero aquí en la ciudad se puede, ¿no? Yo te miro, corazón mío, te miro muchísimo, pero a ti no te gusta demasiado hablar, así que...

Katrina acaricia el pelo de Hana. Luego se vuelve y sigue contemplando a su marido.

Se van de Tirana una preciosa mañana de primavera.

Gjergj se pone su traje de las celebraciones y consigue caminar sin ayuda. A su lado se yergue el soporte del gotero.

Hana da un abrazo a cada uno. Esconde los ojos. Cavila ya sobre la distancia que enseguida se insinuará entre ellos. Se alegra de que se vayan. Está triste. Y no sabe mantener a raya los sollozos. En cuanto se marchen, le tocará salir corriendo a la facultad.

El médico del pueblo le asegura que los trasladará a Rrnajë sanos y salvos, que cuidará de ellos incluso en su tiempo libre; total, no hay gran cosa que hacer allá arriba. Hana le da las gracias.

—Te llamo cuando lleguemos si me das un número de teléfono. En la residencia tendréis, supongo.

Ella garabatea el número, pero sabe que el médico no conseguirá hablar con ella. El vigilante de la residencia hace alarde de su mala sombra y se niega a ir a buscar a las estudiantes cuando reciben una llamada. Dicen que es un enchufado y un espía de los servicios secretos; nadie se plantea siquiera rechistar o cursar una protesta. Se rumorea que una vez al mes manda un informe acerca de todo lo que dicen y hacen las chicas.

—Te llamo —repite el médico.

Un autobús viejo y con costras de barro circula tras ellos, tan lento y zozobrante como un camello borracho.

—¿Tienes novio, Hana? —le pregunta—. ¿Alguien que te guste?

En la ventanilla trasera del autobús un niño le saca la lengua a Hana y ella sonríe.

—Me tengo que ir —dice.

—Oye…

—Yo ahora no pienso en novios —lo interrumpe—. Está la ciudad. Y están los libros. Es mucho para una chica de Rrnajë. Supongo que lo comprenderás.

Se da media vuelta y se marcha. Katrina le besa la espalda con la mirada, Hana lo percibe. Gjergj, tumbado en la camilla, mira fijamente el techo de la ambulancia. La enfermera que está a su lado piensa en el engorroso viaje que le toca hacer hasta Shkodër por culpa de un viejo que ya está acabado.

Hana echa a correr, no quiere coger el autobús de línea. Corre a una velocidad vertiginosa, pero entonces la ambulancia la adelanta y enfila la calle Kinostudio-Kombinat. Tía Katrina, pegada a la ventanilla, apoya una mano en el cristal, con los dedos abiertos y los ojos inmensos.

Hana le manda un beso. La ambulancia circula y da botes por culpa de los baches del asfalto.

Así es como Hana verá a Katrina por última vez, pero todavía no lo sabe.

Katrina muere la tercera semana de junio. Hana está planchando una blusa cuando una estudiante de último curso entra en la habitación y le tiende un trozo de papel arrugado.

—Telegrama, me lo ha dado el vigilante. Tú eres Hana Doda, ¿no?

Hana deja la plancha en el suelo, la desenchufa, apoya la blusa en el respaldo de la silla. Quisiera beber agua, pero no sale nada del grifo. Se dirige a la ventana abierta, el calor azota la cortina descorrida sólo a medias. Mira hacia abajo. Una pareja de estudiantes se hace carantoñas. La chica es más bien fea y ni siquiera es inteligente, pero tiene un padre poderosísimo que está en el comité central del Partido, una especie de secretario o jefe de personal. Lleva ropa extranjera, se le permite ausentarse de las clases cuando y como se le antoje, puede acaramelarse con su novio abiertamente sin que la consideren una desvergonzada. Él es un muchacho de provincias, viene del sur. Es muy guapo, tiene muchas pretendientas, pero quiere quedarse en la capital cuando termine los estudios, por eso se ha arrimado a la chica adecuada, que lo besa con ardor. Hana observa el pelo de ambos: suave y luminoso el de ella gracias al champú extranjero, algo apelmazado el de él por culpa del jabón para lavar la ropa.

Da la espalda a la ventana. Se sienta. Abre el telegrama.

TÍA MUERTA STOP INFARTO STOP ENTIERRO PASADO MAÑANA STOP

Tiene el último examen dentro de tres días. Si no se presenta, no podrá cursar el segundo año de estudios.

Echa un par de cosas en la maleta, sale de la habitación y baja corriendo a la planta baja de la residencia, donde sí hay agua corriente. Bebe hasta saciarse. Se echa agua en los brazos y en el cuello. Son las tres de la tarde y a esa hora no habrá autobús ni tren que salga para el norte, así que no le quedará más remedio que esperar hasta el día siguiente.

Sin embargo, tampoco al otro día consigue ponerse en camino. El tren sufre una avería y no se puede reparar, anuncian. En la estación, los viajeros están furiosos.

Si quieren pueden volver al día siguiente, pero «no hay ninguna garantía», advierte un empleado de los ferrocarriles rascándose la barriga. Lleva el uniforme retorcido, lleno de lamparones, el cuello raído. En medio de la gente se abren paso las ovejas que, indiferentes a los pesares de los humanos, tratan de arrancarle al prado lo poco que queda de la hierba de antaño.

Hana se queda inmóvil un buen rato. Los viajeros se dispersan poco a poco. Quedan aún un par de pasajeros ancianos que en la cabeza, a guisa de sombreros, lucen unas páginas dobladas del órgano oficial del Partido, *La Voz del Pueblo*.

Al cabo de una hora larga decide echar a andar en dirección a la oficina central de correos, donde hay teléfonos públicos. Una vez allí, cuenta con esmero las monedas:

sólo lo conseguirá si habla poco, de lo contrario no le alcanzará para el billete de tren del día siguiente.

La secretaria de la cooperativa agrícola de Rrnajë le explica que en el dispensario del pueblo no hay nadie. El médico ha ido a casa de los Doda porque ha muerto Katrina.

—Soy Hana… Hana Doda.

—Ay, perdona, que no te había reconocido, la voz llega entrecortada… Lo siento mucho. —Pausa, otras voces que se superponen en la línea.

Fuera de la cabina telefónica, un hombre con tres niños aguarda su turno. Seguro que es panadero, está embadurnado en harina. Dos de los críos se le agarran a los pantalones, el tercero va sentado encima de sus hombros.

Hana pregunta a la mujer si puede mandar a alguien a llamar al médico. Ella se quedará esperando en la oficina de correos.

—De acuerdo… Dicen que tu tía no sufrió, Hana. Te estaba haciendo un chaleco de ganchillo y así se murió, sonriendo. Parecía en paz, ¿me oyes?

Hana espera una hora y siete minutos hasta que consigue hablar con el médico. El calor arrecia. La gran sala de correos huele a pies y a sobaco.

—¿Hana? Soy el doctor.

—No he conseguido salir de Tirana. Ha sido el corazón, ¿verdad?

—Sí, el corazón. Es un prodigio que haya resistido tanto. La entierran mañana a mediodía.

—No llego.

—Es imposible retrasarlo, aquí hace calor. El cuerpo… Lo siento, Hana.

—Eres médico, ¿no se te ocurre alguna manera de mantenerla fría?

—Los médicos no hacemos milagros, y aquí no hay cámaras frigoríficas. Lo siento.

Por una vez que podría haber hecho frío en las montañas…

—Si el tren sale, llegaré mañana por la noche. Y si no sale, pues no sé.

Alguien al otro lado de la línea rezonga y el médico grita: «¡Un momento, por favor, que es la hija de los Doda!».

—Le diré a Gjergj que has llamado —añade con su voz ordinaria—. Él se encuentra bien, está recuperando las fuerzas. Ahora tengo que dejar libre el teléfono, está aquí el camarada secretario del Partido y lo necesita.

El médico cuelga sin darle tiempo a decir gracias o de acuerdo, o nada. Hana apoya la frente en la madera garabateada de la cabina. Alguien ha escrito: NUNCA TE ECHÉ DE MENOS.

Llega a Rrnajë cuando ya casi se ha hecho de noche, la casa está vacía, la gente se marchó hace rato. Hay varios *shilte* desperdigados por el suelo. El tío está sentado. Hana se inclina hacia él y lo abraza.

—He tardado mucho, tío, perdóname, hoy no subía nadie hasta aquí, no me ha quedado otra que esperar dos horas en Shkodër hasta que me ha recogido un camión que iba a Bogë.

—El telegrama te lo mandó el médico, ha sido de mucha ayuda. Vendrás con hambre.

—Un poco.

—Las mujeres han traído comida para una semana. Ve a comer algo.

—Voy.

Hana no se mueve. Se queda ahí, mirando fijamente el *kilim*, y no se dicen nada más. Gjergj empieza a liarse un cigarrillo, pero cambia de idea y ceba la pipa.

Hana se levanta de repente y se pone a ahuecar los cojines. Abre la estrecha ventana. Queda aún un rastro de sol en el color del cielo, apenas un atisbo amarillento sofocado bajo el azul oscuro.

—Hace demasiado calor aquí para ser junio —comenta Gjergj—. ¿Allí cómo estabais?

—Sudaban hasta los perros.

Hana agarra la maleta y la acarrea al piso de arriba. Su habitación está en perfecto orden, nadie ha subido a descabezar un sueñecito durante el velatorio de tía Katrina. Eso sí, alguien ha dejado encima del cojín un chaleco de algodón blanco hecho de ganchillo, sin terminar. La aguja estaba haciendo un ribete rojo en la parte trasera de la cinturilla cuando dejó de trabajar. Faltan solamente los botones y un bolsillo. Habría sido un chaleco bonito, con sus ribetes rojos. Casi una prenda de ciudad. Sus amigas de Tirana se lo habrían envidiado.

Se sienta en la cama, sin tocar el chaleco. Tío Gjergj tose abajo. Ella lo deja. Cuando el silencio impregna de nuevo las paredes, decide bajar.

Se quedan los dos acurrucados encima de los cojines. Hana ha olvidado el hambre. Él sigue fumando. Ella se adormece.

Despunta el alba cuando Gjergj se pone a resollar, gime y jadea, y le pide que le alcance un esprái que se pulveriza en la boca. El medicamento exhala un olor potentísimo y desagradable. Gjergj está bañado en sudor y tirita. Le cuesta respirar, pero no quiere ayuda.

—Tú acércate a ver qué anda haciendo Enver —le susurra a Hana—, no sé si habrá comido, pobre animal.

Hana sale y se dirige al establo que hay en un rincón del patio, donde guardan al cabrito y a la oveja. La oveja duerme. El cabrito, no. En cuanto la ve se pone a balar.

—Hola, Enver. —Hana le alborota el pelo de la barba—, ¿qué te cuentas?

Echa un vistazo alrededor. El heno está fresco. El balde del agua, casi lleno. Alguien se ha encargado de todo antes de marcharse. La *kulla* de los vecinos, a mano izquierda, queda a diez minutos de camino. A la derecha no hay nadie salvo la ladera que empieza a empinarse.

Una vecina que ha acudido al funeral de Katrina ha traído tabaco, azúcar y café, como manda la tradición, quizá haya llorado, y luego se ha encargado de los animales. Habrá sido Dille, la mujer de Ndúe Zega. Ambas familias se ayudaban mutuamente, siempre con discreción. Los Zega tenían un hijo en Lezhë que trabajaba en el comité ciudadano del Partido y que no veía con buenos ojos a los Doda, demasiado católicos para ser de fiar.

Los comunistas siempre recelaron de la fidelidad al régimen de Gjergj Doda, pero no lograron pillarlo en falta: era astuto, nunca había expresado opinión alguna sobre el Gobierno. Para no hablar mal, no abría la boca. Era un buen campesino: acataba las normas de los comunistas, excepción hecha del nombre que le puso en secreto al cabrito, Enver, pero se trataba de un detalle que nadie conocía.

—Adiós, Enver —dice Hana al salir—. Mañana vengo a verte con más calma.

Por la mañana va sola al cementerio de Rrnajë. El sol brilla y los tractores de la cooperativa agrícola están ya trabajando las pocas parcelas de tierra arable con maquinaria mecánica; las demás son tan escarpadas que sólo pueden faenarse a mano.

Encuentra sin dificultad la tumba de Katrina. Hay flores metidas en tarros de mermelada y en botellas.

Apoya una mano en la tierra removida. La aparta. La apoya de nuevo y aprieta con fuerza hasta que los dedos se le hunden en el mantillo. Se queda así.

—Gracias por el chaleco, tía Katrina —dice en voz alta. El calor le baña el cuello de sudor—. Y perdona por no haber llegado a tiempo.

Se le viene a la mente que, en ese preciso instante, debería estar en el aula del examen, en el auditorio junto a las oficinas del decanato.

Se sienta en el suelo. Le duelen las rodillas. Hunde en la tierra también la otra mano y agacha la cabeza hasta que se toca el pecho con la barbilla.

Aunque se esfuerza, no consigue llorar. Y, de repente, prorrumpe en lágrimas de rabia porque no es capaz de llorar.

Se marcha al cabo de una hora.

Al volver encuentra a tío Gjergj retorciéndose, intentando mantener a raya las dentelladas del dolor. Le cuesta hablar y mover los brazos.

—Me duele todo el cuerpo —le dice—. Vete, Hana, no me mires.

Con la luz del día se perciben por todas partes las huellas que dejó el funeral. A tía Katrina no le habría gustado ese desbarajuste.

—Pero tío Gjergj…

—Que te vayas te he dicho, desaparece de mi vista. ¿Te has vuelto desobediente en la ciudad? ¿Has olvidado las buenas maneras?

Hana sale de allí. Pone a hervir un perol grande de agua para echar dentro la ceniza de la chimenea. Katrina la conserva siempre, la usa cuando escasea el jabón, que no siempre llega al pequeño colmado de Rrnajë. Se mete en el trastero, busca el cubo grande de aluminio donde almacenan las cenizas. Cuando pones las sábanas a hervir en agua con ceniza, se vuelven blancas como la nieve.

Abre de par en par las ventanas de la planta de arriba; debajo del tejado hay tres habitaciones grandes. A esta hora ya habría salido del examen, ya le habrían dado el visto bueno para matricularse en segundo, ya habría sido feliz.

El día continúa, marcado por el sol y por las voces de los animales. El pueblo no se ve desde la *kulla* de los Doda. Hana puede limpiar con tranquilidad, puede quitarse la blusa y quedarse en camiseta de tirantes sin parecer una desvergonzada, nadie la verá.

¿Se habrá presentado al último examen Ben, el estudiante de Filología Francesa? A Hana le gusta la manera que tiene de mirarla. Trata de concentrarse en el cristal de la ventana minúscula.

Cuando termina de limpiar, la casa parece nueva. Gjergj no se mueve, por fin se ha quedado dormido, el dolor le ha dado algo de tregua. Ella está satisfecha consigo misma, con cómo ha apuntalado la jornada y ha podido disfrutar del sol en la planta de arriba mientras limpiaba y ponía orden. Ahora tiene los brazos rosados, incluso le escuecen un poco.

Las chicas de Tirana se desvisten en los parques, lo poco que tienen permitido, lo que no está prohibido ni se considera indecente según las leyes impuestas por los varones y por la moral comunista. Las chicas de Tirana hacen novillos para irse a la playa de Durrës. A ella le habría gustado hacer lo mismo algún día, pero no tenía traje de baño.

Hasta otra, hermano mar.

Mientras prepara la cena, llega el médico.

—Tengo que darle las medicinas a Gjergj, pero, ya que estás aquí, te enseño cómo se hace.

Hana lo invita a salir de la *kulla* para poder hablar, el tío está durmiendo. El médico la escudriña.

—Siento mucho lo de Katrina —dice—. Quería darte el pésame. Y Gjergj está mal, Hana. La operación no ha servido de mucho.

Ella le responde con brusquedad que no le apetece oír nada de eso y él repone que tal vez sería mejor que escuchara lo que ha de decirle porque la realidad es que dentro de poco se quedará sola. Le entrega tres cajas de medicamentos.

—Perdóname, doctor. Es que estoy hecha un lío.

Silencio.

—¿Te acuerdas, Hana, de que tú fuiste la primera persona que conocí el día que llegué aquí, a Rrnajë?

Ella se ablanda.

—Claro que me acuerdo. Olías a loción para después del afeitado. Todo el pueblo se enteró de que llegaste ese martes.

Él aprieta la mandíbula. Hana lo observa de perfil.

—Me gustas —dice el médico—. Poco a poco me vas gustando cada vez más. Creía que sería algo pasajero, pero no consigo sacarte de mis pensamientos.

Hana desvía la mirada, el monte se oscurece, preparándose para que el sol lo abandone.

—¿Cómo te puede gustar una mujer como yo? —comenta, cáustica—. ¿Acaso los de la ciudad no nos llamáis *malokë*? Siempre nos miráis por encima del hombro.

A él no le apetece llevarle la contraria. Es lo bastante honesto para reconocerlo en su fuero interno, pero no en voz alta. Menos da una piedra, piensa Hana.

—¿Qué estabas leyendo estos días antes de venir a Rrnajë? —pregunta en un intento por ganar tiempo.

—*Muerte de un viajante.*

Hana se mete las manos en los bolsillos de los pantalones. Son de franela ligera, negros, no le quedan mal. Los encontró en una tienda del centro de Tirana y la madre de una compañera de clase, que es modista, se los estrechó un poco. El médico espera que hable y cuando no sucede nada pregunta si por un casual no querrá comentar algo sobre lo que él acaba de confesarle poco antes.

—Eres un hombre de ciudad, seguro que has tenido novias guapísimas —susurra ella sin mirarlo, casi de espaldas—. ¿Por qué te obsesionas conmigo? ¿O es porque estoy aquí, al alcance de la mano?

—Qué palabras tan duras —protesta él.

A Hana le gustaría apoyar la cabeza en su pecho para saber cómo es sentir el olor de un hombre tan de cerca.

—Curioso día has elegido para declararte.

—Quería decírtelo desde hace tiempo. También porque dentro de unos días me marcho.

—¿Que te marchas?

—Sí, me trasladan… Entonces ¿qué? —insiste—. ¿No hay respuesta?

—Dame tiempo —dice Hana, asombrada de sus propias palabras—. Me lo tengo que pensar. Pero no te hagas ilusiones.

El médico replica que no entiende nada. Si le pide que espere, se sobreentiende que hay motivos para la espera; de lo contrario, ¿qué sentido tendría? Ella zanja el asunto diciendo que así son las cosas y punto. La verdad es que no quiere perderlo. Si ahora pronunciara un «no» rotundo cortaría por lo sano, cerraría todas las puertas, se haría la oscuridad. Esta certeza la hace sentir fatal, porque no la atrae nada, ni siquiera un poquito.

—Tienes que entender que no puedo esperar mucho —precisa él—. Me han concedido el traslado. Por fin estaré más cerca de casa. —Hana se percata del hincapié que pone en el «por fin».

—Conque te vas a Tirana…

—¡Qué va! A Kavajë. Pero, bueno, está muy cerca de la capital y es mucho mejor destino que éste.

—Es decir, que eres libre —sonríe ella con amargura—. Eres libre.

De repente, él se acerca y le besa el pelo.

—¿Libre de qué, Hana? —murmura a la vez que ella se aparta—. ¿Libre de dónde? Somos todos caballos dando vueltas en círculos.

Intercambian una mirada por primera vez desde que él ha llegado. Tiene unos ojos bonitos, Hana nunca se había fijado. Le gustaría decírselo, pero le parece que ha dejado escapar el momento. Algo en él cambia. La confidencia sobre el concepto de libertad lo ha puesto en guardia. Se contiene, vuelve a ser el médico.

—De ciertas cosas no se habla, pequeña —susurra—, si no quieres meterte en líos.

—Como si no estuviera ya metida en un lío.

—Los hay peores, y lo sabes perfectamente.

—¿Ahora de pronto soy «pequeña»?

Hana da media vuelta y se aleja unos pasos. Qué extraña es la vida, hay palabras que jamás ha pronunciado, temas de los que nunca ha hablado, cosas que jamás hubiera creído poder expresar con tanta libertad, y todo por un extraño que no le cae especialmente bien, pero que le apena ver marchar.

—Qué extraña es la vida, doctor.

—¿Por qué no me llamas Artan de una vez?

Él se acerca de nuevo, peligrosamente. Está justo detrás de Hana, su respiración es acalorada y triste.

—Está bien. Qué extraña es la vida, Artan, porque me apena que te vayas.

—Entonces...

—No hay «entonces» que valgan. Me apena y punto.

Ella se vuelve con los ojos arrasados de lágrimas, solloza de pronto, se lleva las manos al vientre.

—Llora —le dice él—. Desahógate.

—No puedo.

—Sólo tienes que dejarte llevar, Hana.

Y la abraza. Ella se deja. Por primera vez se apoya contra el corazón de un hombre. Se quedan así un momento. Para eso sirve una casa en el fin del mundo: nadie te ve, nadie puede traicionarte.

—Si me lo permites —murmura él—, le pediré tu mano a Gjergj. Sé que por aquí es la única manera de tener una relación con una chica, así que le pediré tu mano.

Ella se aparta con brusquedad.

—Pero ¿quién te has creído que eres? Yo no te quiero, ni siquiera te conozco, y además ¿quién dice que yo necesite un hombre?

El tío se ha despertado, está golpeando la pared con el bastón para llamarla.

—Tengo que entrar en casa.

Y así concluye la conversación.

El pueblo se quedará mucho tiempo sin médico. El Ministerio de Sanidad no dispone de otro hombre para sacrificar a las montañas. La única enfermera decide dedicarse a los niños, y a los adultos los abandona a su suerte.

—Hana, muchacha —le dice un día—, te toca bajar a ti a Shkodër para retirar los medicamentos de tu tío. Yo no doy abasto. Además es peligroso, una mujer sola en los caminos... Estoy casada y mi marido no me lo permite.

—No sé si a mí me darán las medicinas, camarada enfermera. Es mercancía de importación.

—Me encargaré de llamar al farmacéutico del centro de Shkodër —La tranquiliza la mujer—. Lo conozco personalmente.

La enfermera tiene cuarenta y tantos años, pero su mirada es vieja, casi ancestral. Sea como sea, la escudriña con curiosidad, la observa, la taladra con sus ojos inmensos.

—¿Y tú? ¿No vuelves a Tirana?

—Iré a despedirme de los amigos y a fijar una fecha para el último examen, al que no pude presentarme.

—Yo nunca he estado en Tirana, sólo la he visto por la tele. ¿Realmente es tan bonita, o hacen alguna artimaña para que lo parezca y a los montañeses nos dé envidia?

Hana cavila.

—Tiene edificios y asfalto —responde por fin.

—¿O sea, que los zapatos no se embarran? —Quiere saber la enfermera.

—Depende.

Otro silencio. La curiosidad de la mujer entra de nuevo en letargo.

—Estoy agotada —afirma, y se va sin despedirse.

Gjergj muerde el dolor para tratar de domeñarlo, y cuando las fuerzas lo traicionan se vuelve mezquino.

—¡Vete! —le ladra a Hana, la voz cascada, los ojos dos canicas de vidrio empañadas—. ¡Largo! ¡No te quiero aquí!

Ella obedece y desaparece entre sus libros. Los hojea, pero lo que sentía por ellos se ha transformado en un humo que la asfixia de repente; ya no los ama y se siente culpable.

Un día le anuncia a Gjergj que tiene que bajar a la ciudad para comprar las medicinas. Esa mañana él parece haber amanecido mejor, su mirada es viva, una vena le late en el dorso de la mano izquierda. Hace un gesto de negación con la cabeza.

—Tengo que ir —repite Hana—. Aquí sólo te quedan medicinas para tres días.

Él insiste en oponerse.

—Iré mañana por la mañana con uno de los camiones que bajan leña, espero que algún conductor me haga sitio.

Gjergj mueve los brazos en señal de total desacuerdo.

—Pues dime entonces cómo lo hacemos —propone Hana con insolencia—. Dímelo tú, que lo sabes todo. ¿Qué hago, quedarme aquí de brazos cruzados viéndote sufrir?

Él la fulmina con la mirada, y, aunque intenta decir algo, sólo le sale un sonido rasposo.

—Lo sé, tío, no debería atreverme a hablar así. Soy una mujer y debería estarme calladita.

Gjergj agarra el bastón y hace amago de dar un golpe seco contra la mesa, pero a la mano le falta firmeza y el trozo de madera cae al desgastado *kilim*.

—Perdóname —dice ella en cuanto se recupera del susto—. Perdóname... ¿Me perdonas?

Se acerca a él. Lo abraza. Se acurruca entre su hombro y su barbilla, el corazón de Gjergj es un tambor desacompasado.

—No puedes ir sola, pequeña —le susurra al oído—. Es peligroso.

—Déjame intentarlo. Sé cuidar de mí misma.

—Hay lobos, hija. Ahí fuera hay lobos.

Un silencio, breve y transparente. Entonces Hana decide seguirle el juego.

—Estamos en verano, tío, los lobos no estarán muy hambrientos.

Le da dos pastillas que deberían ayudarlo a dormir. Luego, sube a su habitación y se queda de pie, escuchando con atención los sonidos vespertinos, el diálogo entre fauna y flora, la vida que se retuerce y se expande. Hace un año se habría conmovido ante semejante belleza; ahora, en cambio, la deja serenamente fría. Se siente adulta, y le complace.

«Eres Hana Doda», se dice en voz alta. «Hana Doda, hija de Felicidad».

Su madre se llamaba Felicidad. Tenía una voz preciosa, le decía tía Katrina. Hana recuerda la voz de su madre, su eterno cantar dando vueltas por la casa. ¿Por qué se le venía eso a la cabeza justo en este instante?

«Ahora mismo tengo otro problema, ¿me oyes, mamá? Has venido en mal momento».

Todo llega en el peor momento, hasta el verano que parece una pintura maravillosa pero en realidad no lo es. Si te fijas bien, este verano se asemeja a sus poemas más mediocres. Los albaneses escriben mucha poesía, tienen una obsesión con la poesía, y miedo de relatar. Hace falta constancia para narrar, hace falta austeridad. Las frases no te permiten el ardid de la pereza. La poesía sí, es más avispada, más huidiza, es más musical. La narración es cosa de monjes, cincelar todos los días el papel hasta quedarse jorobado.

«¿Lo entiendes, mamá?», se disculpa Hana. «Estoy ocupada con otros asuntos, vete».

Aguarda hasta que el recuerdo de la mujer se atenúa. Lo ve menguar, borrarse de sus pensamientos. Cada cual ha de saber cuándo es su momento, no se puede llegar sin previo aviso.

Y se siente perdida.

La emprende con el diccionario de inglés, que tiene las tapas azules, negras y amarillas. Se llama Hornby. El señor Hornby es un engreído de cuidado, pretende enseñarte una lengua. Hana se pregunta si ese señor seguirá vivo aún. Quizá sea un hombre triste. ¿Un hombre solo? ¿Y feo, para colmo? Lo imagina enjuto y gafudo; guapo no, en cualquier caso. Con un lápiz gordo araña la cubierta en diagonal para borrar al imaginario mister Hornby.

«Así», dice con rencor

Con las primeras luces del alba, sale de Rrnajë en dirección a Shkodër y regresa siendo ya noche cerrada. Ha ido todo bien, no se ha topado con ningún lobo. Y ha conseguido las medicinas. Cuando la ve aparecer en el umbral, tío Gjergj la mira con un amor infinito.

El conductor que la llevó a la ciudad era un hombre de cincuenta y tantos años sin ganas de cháchara.

—Eres la sobrina de los Doda —le dijo al principio—. Yo conocía a tu padre. Un buen hombre. ¿Y Gjergj, cómo está?

—Mal.

—Eso tengo entendido. Lo siento.

Y con esas palabras terminó la conversación. El camión se arrastraba con tal parsimonia que si Hana lo hubiese seguido a pie ni siquiera habría tenido que apretar el paso.

—Hago este trayecto una vez al mes —le comentó el hombre cuando llegaron—. Si quieres, te bajo siempre yo. Sabes que es peligroso, ¿no?

Hana asintió.

—¿Estás prometida de nacimiento? ¿Te ha prometido a alguien Gjergj?

—No.

—Ándate con mil ojos, niña. Y saludos a tu tío.

La habitación apesta a aire viciado. Hana le cambia a Gjergj el pañuelo empapado de sudor que lleva al cuello. En el patio, Enver bala como un descosido, golpeando la puerta.

—¿Ves como no era tan difícil? —susurra Hana al anciano—. El farmacéutico ha sido muy amable, muy servicial, me ha anotado todas las instrucciones.

Gjergj le da a entender que está sediento. La chica le lleva agua.

—Ahora tengo que salir a dar de comer a los animales y luego voy a comprar un poco de queso fresco.

Hana no sabe hacer queso, ha de aprender. De todo eso se encargaba tía Katrina. Hay muchas cosas que ella no sabe hacer.

—Eres un primor —murmura tío Gjergj—. Un primor, varón mío. Eres igual que un hijo, ya lo creo que sí, haces cosas de hombre. Irte sola y volver de noche por las montañas. Se necesita un coraje de hombre para hacer esas cosas.

Hana deja escapar una carcajada, complacida.

—Si hubieses nacido en la ciudad habrías sido un verdadero as con las mujeres, tío Gjergj.

—Es que lo soy. —Y añade—: Tienes que volver a Tirana, Hana. Seguir estudiando. ¿Acaso se te ha olvidado?

Ella contesta que no puede dejarlo en esas condiciones y él replica que sí que puede, total, ¿qué más le puede pasar?

—Ni hablar, no pienso dejarte solo.

—Es una orden, Hana. No te lo estoy pidiendo, te lo estoy exigiendo.

Requiere mucho tiempo un intercambio de palabras tan escueto. Tío Gjergj se pierde a menudo en una sonrisa, parece mesurar el peso de cada frase, se demora escudriñando a su interlocutora. Y cuando habla deja caer una palabra tras otra con lentitud. Hana ha aprendido a adaptarse a ese ritmo.

—Las clases han terminado, tío Gjergj.

—Pero en septiembre se retoman.

—¿Y qué pinto yo allí? No voy a volver a la universidad. Total, ya...

Él se revuelve como si quisiera levantarse. Aunque se queda mirando la cachava, no consigue empuñarla.

—Está bien —se apresura a decir ella—. Iré a Tirana.

—Vas a la secretaría de la universidad y lo pones todo en regla. Y en septiembre, vuelves.

Se marcha dejando a Gjergj bajo los cuidados intermitentes de la enfermera del pueblo. Se va en el *jeep* que traslada a la ciudad al ingeniero agrónomo de la cooperativa para una reunión importante. En Shkodër coge el tren, que se avería cerca de Lezhë, lo que no le deja otra opción que esperar hasta que alguien quiera recogerla.

Cuando llega a Tirana está anocheciendo. Calor, olor a asfalto derretido. El centro de la capital está a oscuras. Para ahorrar la escasa energía eléctrica, han dejado de encender las farolas. A pesar de todo, Hana se alegra de recorrer las calles limpias y de regresar a la residencia, casi vacía. La mayoría de los estudiantes ha vuelto a casa durante las vacaciones de verano.

Tiene la habitación toda para ella. Se acuesta y duerme profundamente.

A la mañana siguiente se encuentra una Facultad de Letras desierta. La ola de calor azota con fuerza. La secretaria intratable le espeta un «¿Qué quieres?» con altas dosis de mala baba.

—Vengo a comunicar que me gustaría presentarme al último examen en agosto.

—¿Y quién te ha dicho que eso es posible?

—Soy una alumna de esta facultad, ¿no?

—Una alumna que no se presentó al examen y desapareció sin presentar ningún justificante.

—Se murió mi madre, camarada secretaria.

—¿Cuántas madres tienes tú? ¿Se te muere una al año, o qué?

Hana se concentra en su propia silueta proyectada en el cristal de un armario. Se ve guapa con la camisa de cuadros azules y rojos con los dos bolsillos anchos en la pechera. Desvía su atención hacia la secretaria.

—Se murió la tía que desempeñó el papel de madre cuando fallecieron mis padres en un accidente hace muchos años. Y mi tío, su esposo, está enfermo de cáncer. Ahora sólo me queda él.

La mujer trata de condolerse, en vano. Se limita a moderar el tono de reproche.

—Podrías haber venido a solicitar un permiso.

—No me dio tiempo. Les dejé el recado a mis compañeros de clase.

—Con eso no es suficiente, chica. Con vosotros, los montañeses, es siempre igual, jamás aprenderéis que las reglas están para acatarlas.

Hana se observa de nuevo en el cristal, se atusa los rizos. Le dedica una sonrisa a la hiena perfumada, que en este tiempo ha mejorado el color del tinte.

Tengo que ir a la playa, piensa de pronto, y sale de las oficinas sin dar pie a que la secretaria diga ni pío.

Es viernes.

El majestuoso mar se despliega liso y fulgurante como en un sueño perfecto. Nada quebranta su vastedad, ni la basura que los turistas arrojan en la rompiente, ni la fealdad del atuendo de los escasos bañistas.

Ha encontrado un enclave tranquilo en las afueras de Durrës donde sólo hay un par de familias con niños. Echa un vistazo a su alrededor. Luego, cierra los ojos y trata de dejar la mente en blanco. Lo consigue sólo a medias. Sus demonios se quedan, pero son educados y casi inocuos, le sonríen.

La arena quema. Ha ocultado los zapatos deformados debajo de una piedra y se ha recogido el pelo en una cola de caballo.

Se mete en el agua con los pantalones, la camisa y el dinero en el bolsillo, no puede arriesgarse a que se lo roben, lo necesita para el billete de vuelta a Tirana. Al papel moneda le sentará bien un baño de mar. La sal reforzará el color negro del tejido del pantalón. A la camisa le quitará el olor a estiércol.

El salitre pone la piel tirante y actúa como una llamada al orden. Tendrá que llevarse la sal consigo a casa, no ha traído una muda. El agua se evaporará y no sucederá nada. Todo bien. Dice. Y lo cierto es que todo está bien durante las tres horas que pasa en la playa.

Y nos vamos igual que vinimos
hasta otra, hermano mar.

Al día siguiente acude a la biblioteca universitaria para devolver los libros que tenía en préstamo. Son las nueve de la mañana y a esa hora sólo hay un par de profesores. El bibliotecario es un hombre que inspira respeto, de sonrisa tranquilizadora y formas afables. Pregunta a Hana si no quiere llevarse otros libros.

—No, esta vez vengo sólo para devolver, gracias.

El hombre reanuda su trabajo. Ella se queda una hora más en la sala de lectura hojeando un libro de poemas de Emily Dickinson. De nada servirá tomar apuntes, más vale abandonar sin despedidas; aun así, saca papel y lápiz y copia unos cuantos poemas.

Desde su mostrador, el bibliotecario le lanza miradas de vez en cuando.

—Llévatelo si quieres —le dice al final.

—Vivo en el norte y no puedo respetar el plazo de devolución; me es imposible venir expresamente desde tan lejos.

—El préstamo es hasta finales de agosto, muchacha.

—No vuelvo en agosto.

Hana se queda en suspenso. Pregúntame, le ruega en silencio, pero el hombre no dice nada, le da la espalda encorvada, ordena unas fichas, escribe algo en un registro y se olvida de ella.

—Adiós, buenos días —se despide Hana sin levantar la voz, y se marcha.

Cuando llega a la altura de la verja del patio de la Facultad de Filología, se detiene y echa un último vistazo al edificio construido por los italianos durante la ocupación fascista. Ahora la ropa salobre la incomoda. El sol pica con más saña que ayer, arena y sal dibujan mapas y flores en sus pantalones.

Hana echa a andar de nuevo hacia el centro apretando el paso, pero, justo cuando deja atrás la verja de la Embajada de Italia, una voz masculina la detiene. Se gira. Es Ben, el estudiante de Filología Francesa.

—Es la tercera vez que te llamo —se lamenta—. ¿Estás sorda? Hola, Hana. —Ella no sabe si estrecharle o no la mano—. Por fin, dichosos los ojos. ¿Cómo estás?

—Bien.

Le da el pésame por la muerte de su tía; se lo han contado las chicas de la residencia. Ha estado buscándola infructuosamente. Hana pone todo su empeño en controlar la respiración, el corazón late con fuerza. Fija la mirada en los ojos de Ben para que él no se dé cuenta de nada. Estate quieta. Tranquila. Sólo es un compañero que quiere ser educado. Y a ti da asco verte, con estos pantalones desastrados.

Quiere saber adónde va. Está a punto de volver a casa, se ha pasado por la biblioteca porque tenía que devolver unos libros. Sonríe. Ben dice que justo él iba para la facultad. Su pelo, abundante y liso, sería la envidia de no pocas mujeres. Y sus ojos cálidos te queman cuando los miras, con una forma almendrada que los vuelve escurridizos e insistentes al mismo tiempo. No tiene sentido, piensa ella, sólo es un compañero educado. Ben sonríe.

—Te he estado buscando —le dice—. Te he esperado mucho tiempo.

Si la hubiesen obligado a prendarse de un chico, ya que tan de moda estaba por allí enamorarse, Hana habría elegido a Ben, para no parecer demasiado rara. Habría elegido a Ben, sí, pero no es más que un pensamiento absurdo.

—Voy a perder el tren. —No es verdad, le sobra tiempo; aun así, más vale largarse antes de que los latidos del corazón se vuelvan insoportables.

—¿No podemos tomarnos algo por el centro? —propone él.

Hana contesta que no está acostumbrada a cosas como «tomar algo», «te he estado buscando», etcétera. Se calla. Arrepentida.

—Perdona —añade de inmediato—, sé que a veces resulto grosera.

El soldado que monta guardia en la Embajada Italiana no les quita ojo.

—Vamos a algún sitio —propone Ben—. Aquí está prohibido quedarse mucho rato. Te acompaño adonde sea y nos sentamos cinco minutos, ¿te parece? Por favor.

Es la primera vez que se mete en un bar con un chico, pero el local está casi vacío y eso ayuda a que se comporte con más soltura. Sólo hay pastas de té endurecidas y helados medio derretidos. Hana pide una limonada que sabe a soda; Ben toma un café.

—Por fin —dice él, contento—. Ya no sabía a quién más preguntarle por ti.

Es de los que no se dan por vencidos, piensa Hana, actúa como una especie de desastrosa unidad de asalto, pero tiene una manera de comportarse que le gusta. El padre de Ben es el decano de la Facultad de Medicina; su madre, una famosa cantante de ópera.

—¿Piensas decir algo? —sonríe él—. ¿O me toca hacerlo todo yo solo?

Ella calla, sopesando sus pensamientos.

—Olvídate de mí, Ben —dice finalmente con lentitud, en el tono más amable posible. Ha pronunciado su nombre. Se sonroja—. Estoy pasando por un momento complicado.

Él la mira fijamente, la seguridad de poco antes empieza a resquebrajarse.

—Yo parezco rara —añade—, pero no lo soy. Parezco torpe, pero no lo soy. Sí, bueno, en parte lo soy, aunque ahora mismo eso es lo de menos. Ahora tengo que entender cuándo llegará la hora de llorar, y una vez que eso suceda, todo me resultará más fácil. El problema es que no consigo llorar. No puedo.

Él la mira, aún más desconcertado. En las pocas películas que Hana ha visto, los personajes masculinos miran a las mujeres justo así. El médico del pueblo la había escudriñado de la misma manera aquel día en la *kulla*. Qué demonios, rectifica ella, explícaselo. No lo dejes escapar sin que por lo menos lo entienda. Es lo mínimo.

Le dice que su tío, Gjergj Doda, se está muriendo de cáncer, que ella es la única persona que le queda en el mundo aparte de una prima de su edad llamada Lila, pero esa prima está casada y ya no vive en el pueblo. Ben da vueltas con ambas manos a la taza de café vacía.

—Lo siento —dice, apurado.

Piden de nuevo. Esta vez, Hana toma café. Él, una especie de pastelito. Le pregunta si puede ayudarla de algún modo. Ella sonríe sin levantar la vista y le pide que Gjergj Doda no se muera. Él enmudece.

—Tengo que irme —anuncia Hana—. Si no, al final perderé el tren de verdad.

—Quería estar contigo.

—Yo también. —Se le ha escapado.

Si fuese menos guapo las cosas serían más sencillas. Y, para colmo, esa voz… Así que… Nada, así que nada.

—Pues quédate —le propone—. Y te vas mañana.

—Imposible.

Se levanta, él la sigue tras dejar encima de la mesa el dinero por lo que han consumido. Ella ni siquiera hace el gesto inútil de proponer que dividan la cuenta, sabe que él se negará, mejor ahorrarse el teatrillo.

Salen del bar y la puerta se cierra tras ellos; el sol es como una espada que pende terroríficamente por encima de sus cabezas. Hana alarga una mano que él agarra y aprieta.

—Mi mundo se viene abajo —dice en tono sosegado, casi distante—, y no sé si soy capaz de soportarlo, ni siquiera sé por qué te lo estoy contando. Tengo que irme…

Ben insiste en acompañarla al menos hasta la estación y no acepta un no por respuesta.

Caminan a paso ligero, cabizbajos, en un vano intento por defenderse del sol. Ella calcula que da un paso y medio por cada paso de Ben. Hay poquísimos transeúntes. Las bicicletas chinas son dueñas y señoras de la calle Stalin. Las piernas de Ben van enfundadas en unos vaqueros; en Tirana, quien posee un par de *jeans* es poco menos que un rey. A la altura del Teatro Nacional de Ópera y Ballet Ben le pregunta por qué tiene los pantalones blancos de sal. Hana le habla de la playa y del traje de baño inexistente.

—Y te metiste en el agua vestida.

—No iba a bañarme desnuda.

—Yo lo hice una vez el año pasado. Estuvo bien.

Hana se echa a reír.

—Cuando no tienes ropa para cambiarte ya no está tan bien —repone ella—. Noto la piel tirante. No había agua en la residencia.

—En mi casa tampoco, a mi madre se la llevan los demonios porque hace tres días que no puede poner una lavadora.

Por otros estudiantes, Hana sabe que Ben vive en el barrio número 8 de Tirana, el más elegante, a tiro de piedra de donde tienen su residencia los miembros del politburó.

Han llegado a la Facultad de Ciencias. Ben se detiene. Gente cargada con maletas y petates corre hacia la entrada de la estación de ferrocarril.

—¿No podrías quedarte hoy? —le ruega—. Y pasamos el día juntos. No hemos tenido muchas ocasiones para estar solos, y apenas si nos conocemos.

Hana se vuelve hacia él.

—Yo ya te conozco —dice—. Es extraño, y ridículo, pero me resultas familiar. Como si te conociera de antes, quizá de algún sueño.

Ben se mete las manos en los bolsillos, las saca, las esconde de nuevo.

—Estás hecha una montaña rusa de emociones —le dice—. No es nada fácil seguirte. Me desconciertas y me haces sentir inseguro.

—Yo te conozco —repite ella, ignorándolo.

—Tengo la misma sensación, pero me es imposible decírtelo así, a bote pronto, sin parecer un embustero que suelta palabras grandilocuentes. Sin embargo, tú lo dices, te me adelantas, y suenas tan convincente y natural que...

No se miran, atrapados en su torpeza de jóvenes que nunca han podido ser libres.

—Quédate, Hana. Antes de que sea demasiado tarde. No te vayas. No quiero perderte así y no verte más en todo el verano.

—Imposible. Hoy, no.

—¿Puedo ir yo entonces a verte a tu pueblo? ¿La semana que viene? O cuando tú me digas.

—¿Estás loco, quieres arruinarme la vida?

—¿Por qué dices eso?

—¡Pues porque estamos hablando de las montañas, Ben! —Hana ha levantado la voz—. En las montañas un hombre no va a visitar a una chica soltera. ¡Esas cosas no se hacen!

Ben reflexiona, visiblemente confuso.

—Entonces veámonos a escondidas.

Hana niega con la cabeza.

—Allí todo es diferente, el mundo no se rige por las mismas leyes que seguís la gente de Tirana.

—Yo no soy «la gente de Tirana» —se irrita Ben—. Soy Arben Leska a secas.

—No te enfades.

—No estoy enfadado.

—Sí que lo estás. Y yo también.

—¿Dónde te habías metido? —la provoca él, consciente de que es inútil—. Desapareciste sin dar explicaciones cuando prácticamente acabábamos de conocernos.

—¿Y qué querías que te dijera? —rebate Hana sin atisbo de reproche—. ¿Qué tenía que hacer, pedirle permiso a un desconocido para ir al funeral de mi tía?... Espérame hasta finales de agosto. Tal vez retome los estudios, si el tío no empeora. Sólo es un mes y medio; no es mucho pedir...

Hana echa a andar, Ben no la sigue. Qué desagradable, piensa, caminas y te paras y luego gritas y luego te apetece abrazarlo y luego te haces la dura... y luego lo pierdes. Lo pierdes. No queda nada en tu vida. Él se acerca. Hana se detiene.

—Con lo de antes me refería a que desapareciste justo cuando yo había decidido hacer un acercamiento, no es fácil entablar amistad contigo —dice Ben tratando de aliviar la tensión.

—Pues, mira, ahora has hecho un acercamiento y no te voy a comer. —Hana esboza una sonrisa—. Nos veremos a finales de agosto. Puedes esperarme hasta entonces, ¿no?

Él respira hondo antes de decir entre dientes que a finales de agosto quizá se marche a París. Ella estira la sonrisa. No lo ha entendido.

—Quizá me marche a París —repite Ben— con una beca. ¿Sabías que el rectorado estaba confeccionando unas listas? Para Filología Francesa había cuatro becas y me han concedido una de ellas. Nos lo comunicaron hace unos días.

Hana decide cruzar la calle. ¡Despacio! Ve. Despacio. No te comportes como una idiota. Cambia de hombro la correa de la bolsa de tela. Ben le cierra el paso. Ella levanta la vista.

—Qué bien, me alegro por ti —murmura.

Ansía una vía de escape limpia y silenciosa. Que Ben dé media vuelta y se vaya sin decir nada más, pues no hay nada que decir. Todo sale de tu vida, se dice para sus adentros. Todo huye. No te hagas la víctima, no te lamentes. Basta.

—Cuídate mucho, entonces. —Intenta reprimir un deje odioso en su propia voz—. Y mucha suerte en París... ¡París!

—Por eso tenía prisa y no sabía cómo dar contigo.

—Comprendo. Vale. Ahora lo entiendo.

—¿Cómo podemos seguir en contacto, Hana? ¿Hay algún sitio en Rrnajë al que pueda llamarte?

—Por supuesto, tengo un teléfono en cada habitación de mi palacio.

—¡Por favor! No quiero perderte. Sigamos en contacto, en verano volveré siempre a Albania, y tal vez en invierno también. Aún nos queda este mes y medio para estar juntos.

—El tren es capaz de irse sin mí, pero yo no lo puedo perder.

Echa a correr. Al cabo de siete u ocho horas estará en casa, a salvo. Es hermoso marcharse, hay algo heroico en la huida, te pierdes, te esfumas, te vuelves nube, quizá incluso hombre. Se necesita valor para marcharse.

En el tren encuentra un asiento que ha perdido el relleno y se acomoda.

Llega a Rrnajë agotada.

Las vecinas le han llevado comida a tío Gjergj. Enver bala con nostalgia y no admite las caricias de Hana. La oveja, en cambio, se muestra tan indiferente como de costumbre.

Un día de éstos tendrá que ir a darle una vuelta a la vaca que guardan en los establos de la cooperativa. Se llama

Vaca, nunca le pusieron nombre propio. Cuando estaba con los Doda, Vaca era un animal hermoso; ahora da pena verla.

En las primeras décadas que estuvieron en el poder, los comunistas permitieron que los campesinos criaran unas pocas cabezas de ganado. Más tarde, con la nueva política agraria, el Estado las había confiscado y las cosas habían ido de mal en peor. Ahora todo es comunal, y todo lo gestiona la cooperativa agrícola, de ahí que los expropietarios, en lugar de trabajar, saboteen la propiedad del Estado. Aunque, desde que vive en los establos de la cooperativa, Vaca ya no reconoce a los Doda, ellos van a verla de todos modos.

Hana se da un baño echándose por encima el agua con la palangana de cobre. Prepara la cena; lo de siempre: alubias, patatas, pan negro duro. Comen en silencio. De tanto en tanto Gjergj la mira, y cuando sus miradas se encuentran agacha la cabeza.

—Pensaba que no volverías —dice por fin, encendiéndose la pipa.

—¿Y adónde iba a ir, tío?

Hoy está sentado muy tieso, casi parece sano.

—Veo que te ha sentado bien mi ausencia —lo chincha—. Tienes mejor aspecto que cuando me fui. Tal vez debería haberme quedado.

—No digas chorradas. ¿Qué tal en Tirana?

—Mucho calor.

—¿Has arreglado tus asuntos pendientes con la universidad?

—Claro.

—Estupendo, Hana mía. Eres un hijo fantástico. Lástima que nacieras mujer. Si fueras varón, la *kulla* contaría con alguien que se ocupara de todo.

—¿Por qué dices eso, acaso no me ocupo de lo necesario, tío Gjergj?

—Me refiero a cuando yo muera. Estos días he estado pensando mucho. Si no te caso ahora, en vida, luego te quedarás sin marido, cuando hace falta un hombre para que tire del carro. Es posible que haya encontrado a quien entregarte como esposa. Pasado mañana llegará el mediador.

—¿Quién?

—Lo que has oído, el mediador. Quiero verte bien colocada, lo tengo decidido. No puedo dejarte sola.

Hana guarda silencio.

—Es mi deber —añade—. Necesitas a alguien que cuide de ti.

Sigue callada.

—Eso sí, no creas que te voy a entregar al primero que pase. Te encontraré un buen marido, con estudios y de buena familia. No tengas miedo, acabarás la universidad, volverás a casa y serás maestra, ése será el pacto con la familia del novio. Hasta hoy no había tomado en serio a ninguno de los que han venido a pedir tu mano; como insistías tanto en estudiar... Pero las cosas han cambiado.

Hana se pone de pie. Sale. Siente a su espalda la voz rasposa de tío Gjergj, al que le faltan fuerzas para detenerla. Da la vuelta entera a la *kulla*. Hace una noche magnífica, de luna llena. Una luz plateada baña el jardín. Los pantalones de tío Gjergj cuelgan aún del tendedero, tal como ella los dejó tres días antes.

Es todo terriblemente hermoso, el aroma del bosque, la ligereza que percibe entre el cabello, el color de la oscuridad. Ama este lugar, dicen que la nostalgia es cosa de viejos; tal vez sea vieja. Tal vez naciera ya vieja. Le inspira amor esa noche que en su vida parece no acabarse nunca, pero no siente rencor. Es una sensación placentera. Digna de poetas. De escritores. Y ella no es ni una cosa ni la otra. «Cálmate y conserva los pies en la tierra», se dice en voz alta. Nada de levitar, Hana, no digas disparates. Tú eres una persona normal. ¿Lo eres? Respira y actúa como una persona normal. Acaban de amenazarte de matrimonio. Hazte la asustada.

No hay manera, el miedo no llega. La rabia tampoco. Sigue amando el instante, su respiración, sus manos ásperas, su aspecto de pueblerina. Ama el coraje que ha tenido para levantarse e irse, dejando dentro a su tío, impotente. Ha conseguido mantenerlo a raya.

Cuando vuelve a entrar, anuncia a Gjergj que no aceptará marido alguno. Él se ha tumbado. La pipa, apoyada en el cenicero, se fuma sola.

—Nada de maridos, ¿me has oído? No lo permitiré. Si pasado mañana se presenta aquí el mediador, me fugo de casa. No quiero casarme ni ponerme a las órdenes de un hombre, lavarle los pies incluso. Yo no soy la esclava de nadie.

—Te quedarás sola —dice despacio Gjergj—. Una mujer que no se casa no vale nada.

—Una mujer vale lo mismo que un hombre.

—¡Y un cuerno! La mujer está hecha para servir al hombre y darle hijos. ¡Ni se te ocurra rebelarte!

A Hana le cuesta contener la ira.

—Pensaba que tú eras diferente —dice apretando los dientes.

No está segura de que Gjergj la haya oído, porque no reacciona.

—Te quedarás sola —repite—, y no quiero dejarte indefensa.

—Todavía estás vivo, tío Gjergj. No voy a permitir que te mueras.

—Tú no puedes hacer nada.

—No te puedes ir. Eres la única familia que tengo.

—Precisamente, cuando yo falte no debes quedarte sola.

—¿Qué sabrás tú? Eso déjamelo a mí.

El tío trata de sonreír.

—La universidad te ha maleado. Has tomado resabios de las mujeres de ciudad y te has vuelto irrespetuosa. Hice mal en dejarte ir.

Hana se acerca a él. Apaga la pipa con rabia. Lo escudriña.

—Sólo eres una mujer —dice con intención de empequeñecerla en un arranque de maldad.

—Y tú sólo eres un hombre —rebate.

Un hombre viejo y acabado para el que no queda esperanza; tía Katrina, qué equivocada estabas.

Sale de casa dando un portazo. Y llora. Grita. Se ahoga.

—¡Muérete, cabrón! —vocifera a la oscuridad—. ¡Creía que eras diferente! ¡Muérete!

Intenta calmarse. Le cuesta un buen rato. Dios, perdóname esta rabia. Dios, sin embargo, no existe en Rrnajë; invocarlo es delito. Los curas fueron condenados por la dictadura, se pudren en las cárceles porque se dirigían a Dios.

Mucho más tarde, cuando entra por fin en la *kulla*, Gjergj le pide perdón. Le dice que sabe que ella es diferente, que ya de niña lo era. Que criarla fue lo que los mantuvo vivos a la pobre Katrina y a él. Y que no es verdad que ella sólo sea una mujer. Ella es Hana. Y Hana no hay más que una.

Ella se acerca, incrédula. Un hombre jamás pide perdón a una mujer. Sopesa las palabras de Gjergj, lo traspasa con la mirada para averiguar dónde está la trampa. Y dice:

—Entonces, nada de matrimonio.

—Si de verdad no quieres casarte, niña mía…

—No, no quiero.

—Tendrás que prometerme al menos que cuidarás de ti misma cuando me muera.

—No te vas a morir.

—Da igual, tú prométemelo.

—Te lo prometo.

—Que serás fuerte.

—Una roca.

—Que serás el hombre de esta casa.

—Duérmete, anda. Si mañana estás descansado, te saco a dar una vuelta por el pueblo.

—Me haría ilusión.

—Iremos a ver a tía Katrina. Y luego a la plaza.

—Hana, hija mía, lo siento mucho.

Al día siguiente, Rrnajë al completo sale a saludarlos llevándose la mano al corazón. *Gjergj, bre burrë, a je?*

Tío y sobrina visitan la tumba de Katrina. Hana le ha llevado flores frescas. Gjergj no se mueve, se queda embelesado ante el cúmulo de tierra, como si de un sol se tratara.

—Recordaré este paseo, hija mía —dirá más tarde.

Cuando su tío empeora, Hana monta en un camión y va a la ciudad. Desde allí llama por teléfono a la clínica de Kavajë donde ahora trabaja el exmédico del pueblo y él le promete que le enviará unos analgésicos que contribuirán a que Gjergj sufra menos.

—Pero deberías llevarlo a un hospital para que lo ingresen —le dice—. Es donde mejor lo tratarán.

La línea telefónica suena agotada, como si el médico se encontrase en el otro extremo del mundo.

—Si vienes a Tirana, avísame. Podríamos quedar, si te apetece —añade el médico.

De nuevo el zumbido en la línea. Él aguarda. Hana también.

—Hana, te dejo, que me están esperando unos pacientes.

—Vale. Claro.

—Lleva a tu tío al hospital y huye de allí. Vente a Tirana y termina de estudiar. Tienes un futuro por delante.

A través del cristal cochambroso de la cabina, Hana observa la mugrienta sala de la oficina de correos de Shkodër, donde la gente espera con ansia que algún teléfono se quede libre para no permitir que el mundo se olvide de ellos.

—¿Me escuchas, Hana? No lo puedes salvar, y tampoco deberías enterrarte con él.

—Gracias por todo, doctor —dice ella, complacida de emplear ese tono de voz en ese preciso instante mientras el cristal sucio de la cabina la ayuda a sentirse protegida unos segundos más, porque cuando salga será igual que la gente que espera al otro lado, mal aseada, peor alimentada, vestida con harapos, nada que ver con las mujeres de Francia.

—No te entierres en las montañas —insiste el médico como si Hana fuera sorda.

Gjergj jamás accederá a volver al hospital a que lo conecten a unas máquinas. Él ya ha elegido su camino: morir en su cama, y Hana no tiene nada que objetar. Lo acompañará hasta el final. Estará a su lado, más por sí misma que por él. ¿Cómo explicar ciertas cosas? Estas cosas. Todas las cosas. Imposible transmitírselo a una persona al otro lado de una línea telefónica defectuosa en un país chiflado.

En cualquier caso, no hace falta decir nada más, porque justo en ese momento se corta la comunicación. Nos ha venido bien a los dos, piensa Hana, y sale y se marcha bajo un sol agresivo e inquieto que no sabe qué será cuando se haga mayor.

La enfermera del pueblo acude a ponerle las inyecciones a Gjergj. Hana le suministra las pastillas con regularidad. Un día empieza a recitarle poemas sin explicarle lo que son. Le recita un poco de todo, de Emily Dickinson a Whitman, pasando por Éluard, Juan Ramón Jiménez y su amadísimo Hikmet. De vez en cuando, entre los grandes poetas, cuela una composición suya. Con la esperanza de que su tío reaccione. Prueba a declamarlas con una voz diferente, juega con los acentos. No tengo vergüenza, se dice para sus adentros, pero no puede evitarlo, es superior a ella. Tío Gjergj suele adormecerse entre dos versos, y ella nunca sabrá si le han gustado o no.

Vaca muere una de esas semanas soleadas. El veterinario de la cooperativa agrícola sube donde los Doda para darle la noticia a Hana y echa un vistazo en torno.

—Debéis de estar pasando hambre, chiquilla —comenta—. ¿De qué vivís?

—De la leche de la oveja, camarada veterinario.

—Con eso no basta.

Hana sonríe, confirmándoselo con la mirada.

—Pásate mañana por mi casa, te daré un poco de harina, azúcar y alguna cosa más.

Hana no le explica que le falta dinero para pagarle y que todo lo que tienen se les va en los medicamentos de tío Gjergj.

—De acuerdo —responde—. Muchísimas gracias, iré.

Y se las arregla como puede, sin ir a mendigar comida a nadie. Gjergj se enfurecería.

Tío y sobrina pasan el verano instalados en una paz sobre la que flota la sombra de la muerte cercana.

El 10 de septiembre, Arben Leska le manda una carta en la que le comunica que está a punto de marcharse a París.

A finales de mes, Gjergj vuelve a levantarse y pasa las siguientes dos semanas algo mejor. No consigue hablar en voz alta y sólo logra ingerir líquidos, pero mantiene una postura extrañamente enhiesta. A veces anda. A veces se sienta durante horas en la puerta del establo con Enver a su lado. Una mañana, Hana lo oye insultándolo de malos modos, con una voz que parece papel de lija.

«Eres un capullo», oye que le dice. «Nos has arruinado la vida, so patán».

Enver bala indefenso y ajeno a todo, y luego hace sus necesidades junto a los zapatos de Gjergj.

El otoño es magnífico. Los amaneceres tardan en transformarse en día, pero los ocasos se resisten a volverse noche. Todo queda suspendido, como una pluma y un suspiro y un recuerdo que no quiere ser olvidado. Y París quizá sólo sea una invención, como la enfermedad de Gjergj.

Cuando en casa ya no queda absolutamente nada para comer, Hana decide pedir trabajo en la cooperativa agrícola. La ponen a limpiar los establos.

Durante cuatro semanas seguidas sale de casa por la mañana muy temprano y vuelve a última hora de la tarde.

Hasta que un día, a juzgar por la cantidad de ceniza y de vasitos de aguardiente que encuentra en la casa, comprende que en su ausencia ha habido un extraño ir y venir de gente. Interroga a Gjergj, pero su tío niega haber recibido visitas.

La anciana vecina, la mujer de los Rrokaj, le confirma que Gjergj está a punto de prometerla y añade que el elegido es un hombre de un pueblo cercano a la frontera con Kosovo. Viene de una buena familia y ha jurado que, en vez de llevarse a Hana a su casa, se trasladará él a la *kulla* de los Doda tras la muerte de Gjergj. Es el maestro de la escuela del pueblo, o sea, una persona instruida, como ella.

—Tienes suerte, muchacha —le dice la mujer—, tu tío es un buen hombre y no se morirá sin verte colocada.

Durante tres días, Hana no come ni le dirige la palabra a Gjergj.

En Tirana ya ha empezado el curso. Varias chicas de la residencia se habrán enamorado a estas alturas. Y el pupitre donde se sentaba ella en la clase de Introducción a la Lingüística quizá presente alguna mancha nueva de comida o de tinta.

El segundo día de noviembre llega la nieve. Este año viene con retraso. Tendrá que volver a Shkodër para comprar más medicinas.

—Ay de ti como encuentre a alguien en casa cuando vuelva —le advierte al anciano antes de irse.

—Tú a mí no me das órdenes, niña.

—¿Por qué, qué me vas a hacer si te las doy?

Es uno de los escasos ratos en los que él consigue estarse de pie, alto, una roca que descuella en medio de la oscuridad de la habitación.

—Nada de mediadores ni de maridos en mi ausencia, tío Gjergj. Era el trato.

—Era. Ya no. El matrimonio se celebrará antes de que acabe el año.

Habla con tal sequedad que, por primera vez, Hana lo ve feo. Se miran con rabia. Entonces él se ablanda, trata de sentarse, Hana no lo ayuda.

—No me obligues a odiarte —le dice—. Te lo ruego.

—Estás hecha un pajarillo, hija mía —se lamenta él—. Ayúdame, que necesito sentarme.

Ella le da la espalda y sale de casa dando un portazo. Camina entre la nieve que ha empezado a acumularse a traición. Se detiene para contemplar la *kulla* sólo cuando está lo bastante lejos para que Gjergj no la divise; seguro que está espiándola desde la ventana. Ni siquiera le ha dejado al alcance de la mano el potaje que había preparado la víspera.

Para bajar a la ciudad encuentra un camión conducido por un tipo zafio que habla con acento del sur. Hana le entrega el dinero y sube a bordo sin pensárselo dos veces. El conductor apesta a alcohol y a tabaco, pero allí todos huelen igual, así que se relaja.

Cada dos por tres el hombre le pregunta algo y ella contesta con monosílabos.

—Esta tarde vuelvo a tu pueblo —le dice el camionero cuando llegan a la altura del castillo de Rozafa, a la entrada de Shkodër—. Descargo la leña aquí en la ciudad y luego deshago el camino y duermo allá, así mañana por la mañana salgo temprano con el porte nuevo. Si quieres, te llevo también a la vuelta.

Se ponen de acuerdo con la hora y el dinero. El hombre parece tan enfurruñado como ella. Se separan sin siquiera mirarse a la cara.

Sin embargo, por la tarde a Hana ya se le ha pasado el enfado. Irá a casa y será amable con el tío, se promete una vez más. Él no puede cometer la crueldad de casarla por la fuerza. Establecerán una tregua de un mes, ella le dará sus pastillas y él le dirá: «Eres estupendo, hijo mío».

Se come dos *byrekë* en un quiosco del centro, cerca del hotel Rozafa. Se acerca a la biblioteca, saca en préstamo tres libros que devolverá el mes que viene, y eso también la pone de buen humor.

Durante el viaje de regreso, aunque el camión va vacío de leña, circula todavía más despacio por culpa de la nieve que ha caído por el día.

Hana trata de mostrarse más agradable y le pregunta al conductor si tiene hijos. Él masculla algo ininteligible. Debe de tenérsela jurada a alguien de la ciudad, o a sí mismo; sea como sea, se muestra tan hostil que se rinde y deja de hacerse la simpática.

En un momento dado se cruzan con varias personas que quieren subir y bracean para detener el camión, pero el hombre no se digna siquiera mirarlos. Hana intenta señalarle que el camión va vacío y que podría llevar a esos individuos, pero él le responde que se meta en sus asuntos y deje de tocar las narices. Durante media hora no vuelven a intercambiar una sola palabra. Entonces, cuando ya se ha hecho completamente de noche, el hombre detiene el vehículo, dejando el motor en marcha.

«Voy a mear», masculla. «Ahora vuelvo».

Cuando monta de nuevo en el camión lleva los pantalones desabrochados. En un primer momento, a Hana le pasa desapercibido el detalle. De pronto, entiende. Se concentra en mirar hacia delante. Sus palabras la asquean. Lo escucha porque no tiene elección. Le dice que es mejor que se deje hacer por las buenas, que de todos modos lo mismo le va a dar. Que una mujer no debería andar sola por ahí, que si lo hace es que la gusta. A Hana le llama la atención la incorrección gramatical. Desliza la mano en el interior de la bolsa de lino basto. Así que nada de historias, no le va a hacer daño, sólo van a divertirse un rato. Cuando se abalanza sobre ella, Hana lo ataca con el cuchillo de carnicero que usan para sacrificar al ganado. Tía Katrina lo utilizaba para degollar a las gallinas. El hombre resuella. Hana echa el cuchillo en la bolsa cada vez que baja a la ciudad. Lo ha cogido sin que tío Gjergj lo sepa.

«¡Zorra de mierda!».

Ella salta del camión y echa a correr hacia los árboles.

«¡Zorra de mierda! ¡Campesina! ¡Puta montañesa!».

Llega a casa al día siguiente, empapada de nieve y de cansancio. Encuentra a tío Gjergj más pálido que una mortaja. No ha pegado ojo. La mira como si fuese un fantasma. No hace preguntas, pero tamborilea con el bastón varias veces, muchas veces, contra la pared de piedra, contra la mesa, tiene la fuerza física de una hormiga. Ella no ve su rostro, se ha acurrucado en un rincón de la estancia con la cabeza hundida en el pecho.

Al otro día Hana se pone a revolver entre la ropa de Gjergj sin dejar de preguntarse qué está haciendo. Encuentra el traje folclórico y se lo pone, repitiéndose la misma pregunta. Se enrolla los pantalones en la cintura de cualquier manera e intenta que no se le caigan ciñéndolos con el fajín de lana roja. *¿Qué estás haciendo?* Mira la pared que tiene delante. Sonríe a la piedra, siente lástima de ella, nadie ha besado nunca esa piedra. Apoya la frente contra ella y se calma un poco.

Cuando baja las escaleras y se presenta ante Gjergj vestida de hombre, él se queda sin palabras. Se le mueve la barbilla de repente, apretar la mandíbula no lo ayuda a refrenar la conmoción.

Es el 6 de noviembre de 1986.

Hana inscribe la fecha en la pared de la habitación de invitados, tarda más de una hora en grabarla en condiciones.

Cuando ha terminado, vuelve adonde está tío Gjergj. Él le entrega la escopeta. Ella la empuña. La examina.

Pertenece a seis generaciones de hombres del clan Doda. Gjergj la ha engrasado durante treinta y seis años. Hana se queda de pie, desmañada. ¿Y ahora?, se pregunta, ¿y ahora? Ahora nada. Ahora viene la nada. ¿Qué hora es en París? Debería sentarse como un hombre, con las piernas cruzadas; debería fumar una pipa con Gjergj. Observa la longitud de sus piernas bajo los pantalones. Parece un insecto. Se queda de pie con tal de posponer el momento en que tendrá que sentarse como un hombre.

—¿Estás segura del paso que vas a dar, hija?

—Me llamaré Mark. Seré Mark Doda.

Al día siguiente se corre la voz y Rrnajë se transforma en un bisbiseo de estupor. Los hombres la saludarán como a un hombre y las mujeres evitarán su mirada.

Empieza a llevar un diario.

En los cinco meses siguientes cuida de Gjergj, de la casa, de los animales, del recuerdo de Katrina. Procura imprimir contundencia y masculinidad a sus andares. La cosa requiere su tiempo, y de vez en cuando se concede una tregua. «No corras», se aconseja a sí misma.

No corras, no hagas ruido, no pienses. No hay prisa. Ya no. Tienes a tu disposición todo el tiempo de este mundo, nadie te espera, ya no tienes que preocuparte de que tu pelo esté suave, ni de encontrar ropa bonita, entre París y Rrnajë se extiende una cenefa de nieve.

Ahora eres hombre. Eres hombre. ¡Hombre! A los de verdad ya no se te permite mirarlos.

Y todo está bien, se obliga a convencerse. La nieve, las noches a oscuras, el ligero trote de los perros, las sombras de los lobos que cruzan la palidez del paisaje con la prisa de los viandantes atareados. La cumbre te aplasta y te protege. Hace resonar en tu corazón el eco de siglos antiguos. Te salva del gemido pringoso de los camioneros zafios.

El recuerdo permanece vívido. El terror que la embargó. La noche transcurrida en el bosque, castañeteando los dientes ante el miedo atroz a que, tras huir de un hombre con los pantalones desabrochados, de entre los árboles surgiera otro en cualquier momento.

No logró pegar ojo. Le sostuvo la mirada a la negrura. Si alguien se le hubiese acercado, se habría dado muerte. Tuvo el cuchillo apoyado en el corazón, que no paraba de latir con fuerza. Pasó hambre, se puso furiosa, invocó a su madre de nombre ridículo, Felicidad, buscó a su padre, cuyo rostro ya no consigue rememorar.

Rezó de nuevo a Dios y lo hizo entre lágrimas mudas, ese Dios desterrado un año antes de que Hana naciera y del que Felicidad siempre le había hablado a escondidas.

Logró no morir congelada. Al alba recorrió como una sombra las callejuelas de Rrnajë sin que nadie la viera, protegida por la nieve. Al entrar en la *kulla* se endureció, se convirtió en una roca, en la tumba de sí misma. Se transformó en hombre.

«Honrado seas por lo que has hecho», no paran de repetirle en los meses siguientes los invitados que acuden a ver a Gjergj. El tío está orgulloso de ella, se lee en sus ojos que no se resignan a morir y en su manera de ofrecerle la botella de aguardiente.

—Gjergj, *bre burrë*, ahora tienes un varón y el honor de la *kulla* estará a salvo.

Hana aprende a fumar con ellos. Apesta como ellos. Imita sus risotadas y engola la voz; le duelen la garganta y las costillas.

Todas las Montañas Malditas saben ya que la hija de los Doda se ha convertido en hombre.

Alguien dispara unos tiros con la escopeta para celebrar el acontecimiento y el representante del Partido no rechistará, tampoco los policías del distrito. Mientras las cosas no se salgan de madre, el Partido se muestra magnánimo. Si una chiquilla decide dárselas de cabeza de familia, pues bueno, la tradición se respeta. Siempre dentro de unos límites. Dentro de ciertos límites.

Lila, su única prima, pasa un día por Rrnajë para visitar a sus padres acompañada de Shtjefën, su joven esposo, y la mira como si acabara de llegar el fin del mundo.

—Hana, cielo, ¿qué has hecho? ¡¿Tú?!

Debido a una feísima permanente, Lila recuerda a una oveja; lleva el pelo rizado como las abuelas. Es la tradición, las recién casadas se rizan el cabello utilizando un hierro calentado al fuego.

—Harías mejor en mirarte a ti misma, que pareces una vieja.

—¿Por qué lo has hecho, Hana?

—Pelo de vieja, pañuelo de vieja.

—Ahora soy una mujer casada.

—Ya se nota.

—Oye, que yo a Shtjefën lo quiero, no he permitido que me casen como a un corderito. Es un buen hombre, no es como los demás.

—Pero lo sirves sin protestar, y toleras que te den órdenes hasta tu suegro y tu cuñado, ¿no?

—¿Qué insinúas? Es la tradición, existen unas normas. ¿Por qué lo has hecho, Hana?

Se escudriñan. Lila aguarda, en vano. Hana no contesta.

—Estabas a punto de convertirte en una mujer de ciudad, habrías podido ser maestra de escuela, y en vez de eso...

—Llámame Mark —corta a su prima, y la abraza para impedir que la ganen las lágrimas.

—Tú estás mal de la cabeza —murmura Lila, anonadada—. Estás mal de la cabeza, Hana.

Gjergj muere un precioso día de mayo de 1987. Está todo preparado para la ocasión. En casa hay provisiones, para lo que se encuentra allá arriba. El honor de los Doda es más sólido que nunca. Mark recibe el pésame de todos los vecinos. Hombres y mujeres la respetan en igual medida. Ya nadie la llama Hana.

La *kulla* está limpia, reluciente. Víctima de la costumbre, todavía no ha conseguido desatender las tareas domésticas, pero lo está intentando. Siendo hombre no debería desempeñar trabajos femeninos, así lo manda el Kanun.

Una semana después del funeral, delante del montón de tierra fresca de la tumba de Gjergj, Hana llora. Está sola, no corre peligro de que nadie la vea.

Llora mucho rato. Luego, contempla el cielo azul y límpido, el cementerio vacío, la parte de Rrnajë que se extiende más allá del camposanto. El sol es tibio y tan tranquilizador que se siente el rey del mundo.

Su madre habría cantado en un día como ése.

3.
DICIEMBRE DE 2001

Shtjefën vuelve a casa un poco más temprano que de costumbre y está de buen humor. Lila llegará en media hora. Jonida está haciendo los deberes.

—Te he conseguido trabajo —le dice a Hana—. Intenta lucirte mañana en la entrevista. Estarás de prueba durante dos semanas, luego ya se verá. Trabajarás como guardia diurna en un aparcamiento público cerca de la estación del metro.

Hana, sorprendida, le da las gracias.

—Sé que te pesa depender de nosotros —añade él como para disculparse—, y no lo he hecho para meterte presión; si no te sientes preparada...

Hana ha hecho la cena, que se sentarán a comer sobre las siete y media, en cuanto regrese Lila. Normalmente entra toda acelerada y se libera enseguida del uniforme del trabajo; más que quitárselo, se lo arranca. Se da una ducha rápida. Y cenan.

Hana dejó de fumar hace unas semanas y sigue tosiendo y echando flemas. Shtjefën la acusó de ser una traidora. Jonida gritó: «¡Sé fuerte, Hana! ¡Demuéstrale al gordinflas que es posible dejar de envenenarse!».

El gordinflas sonríe y acepta de buen grado los insultos afectuosos de su hija.

—Mi Jonida será una mujer culta —dice con inmenso orgullo—. Es guapísima e inteligente, y a las mujeres así se les perdona cualquier salida de tono.

Ese día, antes de que llegaran Jonida y Shtjefën, Hana se había puesto una falda que Lila le explicó que se llamaba «de tubo». Era de un tejido oscuro, la única falda que Hana había accedido a comprarse en aquellos tres meses.

Con la casa toda para ella decidió hacer una especie de ensayo general. Se estudió largo rato en el espejo y se encontró más que ridícula. Paseó arriba y abajo sin apartar los ojos de su propio reflejo. E hizo todo lo posible por resistir la tentación de tirar la falda por la ventana.

Jonida regresó antes que Shtjefën. Hana cerró los ojos en el momento en que abría la puerta.

—¡Guaaauuu! —exclamó su sobrina a la vez que arrumbaba la mochila en un rincón—. *Cool!* ¡Date la vuelta, Hana!

Ella obedeció.

—No me gusta el color —sentenció Jonida—. ¿Quién la ha escogido?

—¿Algo más?

—Ya te lo he dicho, *you look okay*. Pero te queda mejor por delante; por detrás, algo menos.

Entonces Jonida fue corriendo hasta la nevera para coger un yogur desnatado.

—¿Qué es esa porquería? ¡Come algo más nutritivo!

—Odio la celulitis.

—Tú no tienes celulitis, cielo, como sigas así te quedarás hecha un palillo.

—Ser delgada es guay y lo sabes. Lo que te decía, con esa falda estás mona y también rara. Te sientan mejor los pantalones.

Hana negó con la cabeza, decepcionada. Jonida se terminó el yogur y tiró la cucharilla al fregadero. Ella fue corriendo a lavarla. Le encantaba el desorden de Jonida, ocupaba sus días.

—Sí, estás rara. —La niña retorcía el cuchillo en la herida—. Por detrás eres como una tabla, no tienes culo.

—Gracias.

—Es mi función, ¿no? Me pediste que te hablara con franqueza.

—Te pasas semanas poniéndome la cabeza como un bombo, que si la feminidad esto, que si la feminidad lo otro, ¿para luego, ¡zas!, vapulearme?

—Te adoro, pero si estás rara estás rara, yo qué quieres que le haga.

—Pues entonces me la quito.

—¡No, ni pensarlo!

Hana no entendía nada.

—Tenemos que trabajarlo un poco, no te desanimes. Una no se vuelve sexi de un día para otro. De cara ya estás mucho mejor.

—Yo no pretendo ser sexi, os lo he dicho mil veces —puntualizó Hana no sin cierto nerviosismo—. Sólo parecer normal y aceptable.

—Tú quieres ser algo más que normal, cielo. Tú quieres gustar, no me digas que no.

Hana se sentó en el sofá deseando fumar con todas sus fuerzas.

—¿Cómo te ha ido en clase? —preguntó para cambiar de tema.

—Bien, me parece que el que me gusta está con otra. Me lo ha dicho hoy una amiga en el comedor.

—¿Guapa?

—Un cardo borriquero.

Hana soltó una carcajada.

—Lo dices por envidia —la pinchó.

—¿Envidia, yo? —Jonida agitó la melena con una sacudida de cabeza—. Yo estoy muy por encima, semejantes bajezas no van conmigo, pero si una es un cardo, es un cardo.

Hana la miró fijamente. Vivía con Jonida desde hacía tres meses y a pesar de la intimidad que se había establecido entre ellas aún le costaba descifrarla; le envidiaba ese aire desenvuelto, la profunda conciencia que tenía de sí misma.

—Bueno, me voy a hacer los deberes, que me han puesto un montón —anunció por fin la niña poniéndose de pie y desapareciendo en su habitación.

Hana se quedó absorta hasta que llegó Shtjefën, pero decidió no quitarse la falda.

—No será un trabajo engorroso —añade él, y justo en ese mismo instante se percata del cambio—. ¡Hombre, por fin! Lila se alegrará de verte así.

Los dos sonríen.

—Yo no quiero un trabajo tranquilo —protesta Hana—, sino uno que me agote y me ayude a aprender mejor el idioma.

—Si te defiendes de maravilla... no tienes por qué preocuparte. ¡Ya me gustaría a mí hablar inglés tan bien como tú!

En ésas llega Lila. Cuelga el bolso en el pasillo, articula un «hola» cansado y arrastrado, va a darse una ducha y reaparece en la cocina con el pelo todavía empapado.

Lanza al aire un «¿A ver?» a la vez que echa un vistazo a los fogones y a la mesa puesta para cuatro, y a continuación añade:

—¿Qué has preparado, Hana?

Sólo entonces la mira, y se le ilumina el semblante.

—¡Ponte de pie, ponte de pie! Ay, ojalá hubiera estado aquí cuando te la ponías, qué rabia, con los tres meses que me llevas dados... ¡Levántate!

Shtjefën sale de la cocina. Hana se queda allí plantada con los brazos estirados a los costados.

—Estás estupenda. Anda un poco que te vea...

Hana se deja caer de nuevo en la silla.

—¡No te hagas de rogar! Deja que te vea bien, es un momento histórico. Ahora eres mujer a todos los efectos.

Del dicho al hecho..., piensa Hana sin apartar los ojos de los platos vacíos. Sólo quiere comer, recoger la cocina, y luego salir a darse su paseo habitual.

—¿Estás contenta?

—Sí, me he puesto falda, ¿vale? Mañana Shtjefën me acompañará al trabajo.

—¡¿Te lo ha conseguido?! ¿Y no me contáis nada? Pero, bueno, ¡esto hay que celebrarlo!

Jonida ha salido de su cuarto. Lila se gira hacia su hija y la envuelve en un abrazo rapaz.

—¡Ah, cielo, luz de mi vida! ¿Cómo estás, mi amor?

—No aprietes tanto —dice ella—, que me estás triturando. Nos vimos esta mañana, mamá, ¿o se te ha olvidado?

Lila no tiene ninguna intención de soltarla. Shtjefën regresa y con delicadeza, casi con timidez, se aferra a madre e hija. Son bellísimos y no hace falta nada más, no hacen falta palabras ni sueños ni recuerdos. Basta con estar ahí y sonreír, se dice Hana. Y sonríe sin dejar de observar a esas tres personas que la han adoptado y de las que ahora no ve el momento de huir.

Jonida se vuelve hacia su padre y frota la nariz contra su barbilla.

—Hola, osito mío —le dice—. ¿Todo bien?

—Todo bien, amor. ¿Y tú?

Pero no se separan, ninguno de los tres quiere romper el abrazo, se acarician. Hana sigue sonriendo hasta que la sonrisa se le transforma en congoja y se le escapa un mohín de llanto. Jonida se da cuenta.

—Bueno, vale ya.

Se deja caer en el sofá, al lado de Hana.

—Qué hambre.

Lila levanta la tapadera de la cazuela. Hana pone todo su empeño en no llorar, pero no lo consigue. Se refugia en el baño.

Recuerda el día en que sus padres se abrazaron delante de ella. Estaban de pie. Su madre guapísima, su padre rendido a la dulzura de su esposa. Hana los observó largo rato. Se prodigaron caricias delante de su hija el día antes de montar en el autobús que iba a llevarlos a la ciudad para asistir a la boda de un primo.

El autocar se despeñó una tarde de invierno y no pudieron recuperar los cadáveres, que quedaron sepultados bajo la nieve caída durante la noche y siguieron durmiendo en el hielo hasta la primavera. Cuando los rescataron, junto a los cuerpos encontraron también el pañuelo rojo y azul de su madre y la pipa de su padre.

Desde entonces Hana conserva esos dos objetos, los trajo consigo, están en la maleta, debajo de la cama.

La cena está deliciosa. Hana se ha tomado muchas molestias para decidir el menú. Está intentando aprender a cocinar. Hasta se ha comprado un libro de recetas, y ese día ha preparado una ensalada verde con uvas, pasta a la boloñesa y manzanas asadas.

—Todo riquísimo —la anima Lila después de tragar el último pedacito de manzana—. Riquísimo de verdad.

Shtjefën propone preparar un café turco.

—¿Me acompañarías mañana por la tarde a dar una vuelta con el coche? —le pregunta Hana—. Quiero conducir yo, para ir acostumbrándome al tráfico.

Beben a sorbos el café.

—Echo de menos el viejo camión —añade—. Y si el trabajo va bien, mi intención es empezar a buscar un estudio dentro de un mes o así, Lila.

Aguarda la reacción de su prima. Shtjefën se levanta para hacer otro café. Jonida le guiña un ojo a Hana. Lila guarda silencio.

—No era consciente de que tuvieras tanta prisa por irte —comenta por fin.

—No la tengo, sólo quiero probar a arreglármelas yo solita.

—¡Si has vivido sola catorce años!

Lila se ha ofendido, Jonida se lo lee en el semblante. Pero Hana ya está en el umbral de la puerta.

—Salgo a estirar las piernas.

Se pone una chaqueta por encima de la camiseta de estar por casa y sale dejando atrás el rencor confuso de su prima. No hace frío, el invierno es suave, la tarde, ligeramente húmeda. Enfila la calle, que se conoce de memoria. Los zapatos son cómodos, no le gustan demasiado pero salieron baratos.

Lila es una gran experta en gangas. Gestiona las finanzas domésticas a las mil maravillas y caza al vuelo todas las ofertas y promociones para ahorrar. El día de Acción de Gracias se levantó a las cuatro de la mañana para asaltar un hipermercado de las afueras famoso por sus precios imbatibles. Cuatro horas más tarde, regresó destruida y satisfecha y cargada con tres bolsas. Un cuarto de hora para organizar los víveres en la nevera y la despensa y de nuevo subió al coche, esta vez con Hana y Jonida, rumbo a un *outlet* para comprarle algo de ropa a Jonida.

Hana se detiene. La falda la incordia, le baila en la cintura y cada dos por tres la cremallera de atrás aparece por delante. Se la ajusta y reanuda su camino. Pocos metros después, la falda ha ejecutado otra media vuelta. De pronto experimenta una extraña sensación en las piernas. Una semana antes había aprendido a depilarse. Se quitó los pelos también de las axilas y pasó varios días rascándose por culpa del sarpullido. Jonida se desternillaba de risa.

Durante esta semana, entre libro y libro, ha estado vigilando el crecimiento del vello en las piernas. Antes de ponerse la falda ha vuelto a afeitárselas y se ha hecho un leve corte con la cuchilla.

Se detiene otra vez. La falda insiste en torcerse, pero ella sigue andando y tropieza sin caerse. De buenas a primeras se resuelve a dar media vuelta y se dirige de nuevo a la casa con paso furibundo.

Shtjefën ve la tele y Lila trastea en el baño. Desde la habitación de Jonida llega una música machacona. Hana se escabulle sigilosamente hasta su cuarto y se quita la falda. La arruga y la maltrata con resentimiento. Luego hace una bola con ella, abre el armario y la arroja al fondo.

—¿Qué estás haciendo? —pregunta Lila a su espalda.

Hana intenta ponerse los pantalones lo más rápido posible.

—Eres la monda —le dice su prima—. Imposible entender a alguien como tú.

—Y tú eres más pegajosa que una sombra.

Hana sale de la habitación. Había creído que todo sería más sencillo. Al fin y al cabo, cuando se convirtió en

Mark, no tenía ninguna experiencia genuina en materia de feminidad. Y ahora también tiene miedo de quedar mal al día siguiente en la entrevista para el puesto de trabajo; su inglés es espantoso.

«Tienes que mostrar seguridad», le ha repetido varias veces Shtjefën. «Los americanos fingen siempre estar segurísimos de sí mismos. Les encanta aparentar aplomo y decisión. Mientras no expongas tus flaquezas todo irá bien; luego, en privado, te puedes venir abajo si quieres».

Ella se siente entusiasmada y perdida al mismo tiempo. De cara a la galería parece casi una mujer, aunque le falla la mirada, el ángulo desde el que interpreta el mundo. Cuando observa a los demás, Hana no ve a un hombre o una mujer. Trata de sondear el espíritu de cada individuo, analiza rostros y ojos, trata de fantasear con los pensamientos que se ocultan detrás de las miradas, pero pasa por alto que esos pensamientos están vinculados al ego profundo masculino y femenino. Una mujer piensa como una mujer. Un hombre, ídem, obviamente. Y hasta ahora ella no había caído en la cuenta de que durante mucho tiempo ha pensado desde ambos frentes.

Sin embargo, se consuela, los diarios que escribió en los años que vivió siendo Mark no están nada mal. En los días de soledad en Rockville los ha leído y releído. Con pesar ha llegado incluso a considerar que tal vez su prosa sea mejor que sus poemas. Es una reflexión que no vale nada, pero le hiere igualmente. A Hana le habría gustado ser poeta.

Lee muchísimo. Shtjefën le toma el pelo asegurándole que, para satisfacer sus desideratas, la biblioteca municipal de Rockville pronto tendrá que solicitar más financiación. Las bibliotecarias la han ayudado mucho, nunca dejan de darle consejos y de animarla. Hana llena cuadernos enteros de palabras y expresiones estadounidenses y se las aprende de memoria. Ve programas de la tele hasta las tantas con tal de perfeccionar sus conocimientos lingüísticos. Aun así, las conversaciones con Jonida siguen siendo la práctica más eficaz, de suerte que el vocabulario de Hana está trufado de jerga adolescente.

A Lila le cuesta entender su perseverancia.

—Es inútil —bufa—. Para ejercer de vigilante de aparcamiento o limpiadora no hace falta un inglés perfecto. Tú a lo que tienes que aspirar es a ser mujer, y no a sacarte un *PhD* o como narices se llamen aquí los doctorados.

—Sin la lengua no se va a ninguna parte —repone Hana.

—Eso, tú sigue soñando como cuando tenías veinte años y perdiendo el tiempo con los libros, en vez de preocuparte por tu apariencia.

Han discutido, han hecho las paces, han vuelto a discutir y al cabo de varios días de morros se han reconciliado. Tanto es así que, cuando Jonida volvía del colegio, preguntaba cómo había ido la pelea cotidiana.

—Es tarde para tus sueños, Hana —suspiró un día Lila, cansada—. ¿Por qué no me haces caso? Deberías haber hecho como todas nosotras hace años: casarte, tener hijos.

Habrías sufrido, de acuerdo, a todas las mujeres nos corresponde una buena ración de sufrimiento. Pero no, tú te creíste mejor y te rebelaste. Y ahora mírate. Es tarde para sueños imposibles, así que lucha al menos por los que son realizables.

Hana sonrió con amargura y replicó diciendo que le resultaba de mucha ayuda, sí, Lila, tú sí que sabes infundir ánimos.

—Te digo las cosas como son.

—Pero es que no son así.

—Pues entonces venga, explícamelo tú. Cuéntame qué vas a hacer, y cómo, porque yo llevo diez años viviendo en este país, pero parece que tú, que llegaste ayer, ya sabes más que yo.

—Vale, Lila, es como tú dices.

—¡A mí no me des la razón como a los tontos!

—Vale.

—Yo de tonta no tengo un pelo, aunque no lea toneladas de papel.

—No es papel, Lila, es alma. Los libros son mi alma.

—¡Deja de hablar de esa forma tan pomposa, me tienes hasta la coronilla!

Lila gritó. Hana cruzó los brazos en el pecho. Llevaba un sujetador bonito, de encaje blanco. Lila gritó y gritó.

—Ten paciencia —le dijo Hana más tarde—. En cuanto me salga un trabajo, me iré y os dejaré tranquilos.

—Ese comentario tan mezquino sobra, a no ser que realmente quieras hacerme daño. No es ésa mi intención, yo no quiero echarte de aquí.

—Lo sé.

—Pues entonces no vuelvas a decirlo.

—Soy yo la que quiere irse —explicó Hana con dulzura—. No tiene nada que ver contigo, ni con ninguno de los tres. Sois maravillosos conmigo, pero necesito mi soledad. Sólo entonces podré volver a vivir, si es que lo consigo.

—No quiero escucharte...

—Tú verás.

—Lo tuyo es de un egoísmo desatado. Eso es lo que pienso de ti.

—De acuerdo.

—Y no me respondas «de acuerdo», ¿te enteras? ¡Tú no eres mejor que yo!

Lila se levantó, se quitó el delantal de un tirón y echó al suelo el número del *Washington Post* que Hana estaba leyendo antes de que empezaran a discutir.

—Eres una egoísta, te lo repito, ¡y me trae sin cuidado que te ofendas! Nosotras, las demás, éramos meros brazos y cuerpos para los maridos, allá en las montañas, nunca nadie nos pedía nuestra opinión para nada; agachábamos la cabeza y obedecíamos. Tú, en cambio, te escondiste en vez de luchar. Te convertiste en hombre. ¡Mira qué fácil! ¡Es pan comido jugar a ser hombre! La auténtica proeza era vivir como mujer, y no ser el típico gilipollas que sólo sabe matarse de tanto beber y fumar.

Shtjefën se asomó por la puerta. Las palabras de Lila yacían inertes en el suelo. Hana notó que las lágrimas se le agolpaban en la garganta. Shtjefën se frotó los ojos con las manos.

—Lila, cielo, que vas a despertar a los vecinos.

Hana tomó un vaso de agua y a continuación se volvió hacia su prima y la escudriñó, tratando de captar su mirada.

—¿Y tú qué sabes, Lila? —repuso en voz baja—. ¿Qué sabes tú de cómo es ser un hombre allí arriba? ¿Acaso sólo sufrís las mujeres? ¿Eso es lo que piensas? ¿Te crees que sólo vosotras tenéis razón? —No fue capaz de contener unas lágrimas como puños. Luego añadió—: Perdóname, Lila, no era mi intención poner tu vida patas arriba.

—No has puesto nada patas arriba, ¿cuántas veces te lo tengo que decir? —protestó inútilmente Lila—. Yo quiero verte feliz. Quiero ver que estás bien, me importas como si fueras mi Jonida. Pero es que eres muy rara, estás como en un limbo, y cuando te veo perdiendo el tiempo con los libros me sacas de mis casillas.

Shtjefën exhaló un hondo suspiro.

—¿Quién me mandaría a mí acabar viviendo con tres mujeres, por los clavos de Cristo? —Rió con voz soñolienta.

Hana le estaba agradecida por que se hubiera despertado; si no, quién sabe cómo habría acabado aquella discusión con Lila.

Su prima era rencorosa. Aunque se trataba de un resentimiento sin maldad, a Hana empezaba a hartarla. Lila habría querido ser enfermera, pero era limpiadora. Le habría gustado vivir con todas las comodidades, pero se veía obligada a dar saltos mortales para que las cuentas del hogar salieran, para que Shtjefën no tuviera que matarse haciendo horas extra además de las setenta horas semanales que ya recaían sobre sus hombros. Aparentaba ser feliz, pero no era buena actriz. Con la idea de vivir en Estados Unidos ya no le bastaba: pese a que las estrecheces estaban absorbiendo su energía, no soportaba que se notara.

—Si de verdad quieres ayudarme —le dijo por fin Hana—, deja que me vaya.

Desde aquel día no han vuelto a discutir.

Jonida está emocionada ante la idea de que un día de éstos Hana disponga de un sitio sólo para ella.

«¡Es súper guay! ¡Tendré dos casas!», exclama una y otra vez. «Los fines de semana los pasaré contigo, Hana. ¡Haremos locuras juntas!».

Se avecinan las Navidades y Lila quiere que sean unas fechas memorables. Se reunirá el clan al completo.

«Quiero que sea bonito para todos nosotros», repite hasta el hartazgo.

«Y a ti no te quedará otra que hacerte una limpieza de cutis», le espetó un día a Hana. «Es una orden».

Una mañana la llevó a rastras a un salón de belleza y Hana se dejó hacer para evitar más desavenencias. Al final del tratamiento tenía la tez lisa y suave.

—Estás espléndida —exclamó Lila—. Ahora sólo hay que esperar a que te crezca un poco el pelo para hacerte un corte bonito, y lista.

Estaban delante del salón de belleza.

—Oye, ¿tú sobre sexo sabes todo lo que tienes que saber? —le preguntó sin venir a cuento.

—¿A qué viene esa pregunta? Creo que sí.

—Cuando estuviste en Tirana, en la universidad… ¿lo hiciste?

—No.

—O sea, que eres completamente virgen.

—¡No, sólo a medias! —Hana soltó una carcajada—. Conozco la teoría, si es a eso a lo que te refieres.

Lila se sintió aliviada.

—Vale, pero se nos queda una conversación pendiente —añadió en tono de oficial de Marina—. Seguro que hay montones de cosas que no sabes.

Hana replicó que a ella, en general, lo que se le daba bien era la teoría. Lila la mandó callar sentenciando que sólo la práctica ampliaba horizontes.

Se dirigieron hacia el coche. Subieron y se quedaron un momento inmóviles, con las miradas fijas en el parabrisas.

—En los libros se habla a menudo de sexo —dijo por fin Hana—. Y a mí no me desagradan en absoluto las escenas sexuales.

Lila caviló un instante.

—¿Sabes que existe también el sexo tipo «hazlo tú misma»? —le preguntó de corrido.

Hana respondió que sí.

—Y nunca has probado.

—No, nunca —mintió y se sonrojó, pero Lila estaba arrancando y no se giró para mirarla.

El paseo de esta noche ha sido más largo de lo habitual, sabe que le costará pegar ojo. La oscuridad es apacible, lánguida y hedionda por culpa de los gases de escape. El tráfico es denso a pesar de la hora tardía.

Si la contratan, pronto contará con su propia intimidad. En su piso intentará otra vez hacer el amor a solas. Ahora, en casa de Lila, no; allí hay algo que la amedrenta.

La primera y única vez que había probado estaba todavía en las Montañas Malditas y el experimento no acabó bien. Estuvo días llorando.

Haré el amor conmigo misma, se promete, y sigue caminando.

Con todo, después de semejante pensamiento, no consigue estar tranquila. A la altura de College Plaza, en lugar de torcer a la izquierda por College Parkway, da media vuelta y regresa a casa.

El hombre que entrevista a Hana es un cincuentón originario de Nicaragua que habla un inglés impreciso, un detalle que a ella la hace sentirse un poco más cómoda. Le explica que su trabajo consistirá en llevar el control de los coches que entran y distribuir los tiques que los conductores deberán dejar a la vista en el parabrisas. Luego, a la salida, recoger tiques y cobrar; mantener la caja en orden, comprobar que cuadran las cuentas. Y vigilar que en las plazas reservadas para clientes con el abono mensual no aparca quien no debe, en cuyo caso se ocupará de llamar a la grúa para que retire el vehículo.

Hana está sentada muy tiesa en el borde de la silla; no es capaz de adoptar una actitud más natural. El nicaragüense gestiona otros tres aparcamientos.

—Durante tu horario laboral, la responsable del *parking* eres tú —continúa el hombre—. Al primer patinazo estás fuera, que te quede claro. Es la primera vez que contrato de vigilante a una mujer, por razones evidentes prefiero emplear a hombres; pero Steven es el jefe de mi primo en la empresa de mantenimiento de carreteras, y dice mi primo que es un buen tipo, por eso el trabajo es tuyo. Ahora, sin embargo, todo depende de ti. Si trabajas como él, estaremos contentos tanto tú como yo. Ya hemos acabado, Hana. Ah, y llámame Paco. Mi nombre es Francisco, pero todo el mundo me conoce como Paco.

Shtjefën la está esperando fuera. Paco le pregunta si chapurrea algo de español y Hana contesta que no encogiéndose de hombros.

—Lástima. Si tienes problemas con el inglés, el español te salva el pellejo. Pero lo hablas bien para lo que lo vas a necesitar. Hoy estarás de prueba y durante las primeras cuatro horas te echará una mano uno de mis hombres, que te enseñará todo lo que necesitas saber. Se llama Jack.

Hana le da las gracias y sale, seguida por su nuevo jefe. Se siente agotada. Shtjefën intercambia unas palabras con Paco y le explica a Hana que ahora se va a trabajar y, luego, sobre las siete, pasará a recogerla, pero que no se preocupe si tarda, que depende siempre del tráfico.

Y se marcha.

Hana lleva en el bolsillo una especie de amuleto, un guijarro de Rrnajë con un agujero en el centro. Lo acaricia sin sacarlo.

—Hana —dice Paco—, ya está aquí Jack.

Jack es un hombre negro de aspecto basto y muy cordial, lástima que sólo se exprese en una jerga ininteligible. Ella le ruega con timidez que hable más despacio porque acaba de llegar al país, pero él repone que, por desgracia, no sabe hablar de otra manera. A continuación le pregunta cómo se llama. Ella pronuncia su nombre y Jack lo repite convirtiendo la a en una e abiertísima y nasal. Hana le explica que para ella es muy importante que se pronuncie su nombre como es debido. Él deja lo que está haciendo, incluido mascar chicle, la escudriña con curiosidad, sonríe.

Con el paso de las horas, Jack empieza a caerle bien. Le cuenta un montón de cosas sobre su vida, que Hana entiende sólo a medias. Al final le tiende la mano y estrecha la suya con fuerza, diciéndole que se verán por la tarde, y se va.

Hana respira el aire dañino del aparcamiento, que tiene tres plantas; una de ellas, subterránea. Nota que una especie de brisa sopla en su cerebro. Repasa mentalmente, una por una, las cosas que Jack le ha enseñado.

—Lo siento por ti —le ha dicho en dos ocasiones en la última hora de formación—, aquí estarás sola, es el único detalle de este trabajo que no me gusta. Yo, si no hablo con alguien, me vuelvo majara.

Hana le ha contestado que eso para ella no supone un problema.

—Eso lo dices porque no sabes todavía lo que es estar en silencio durante horas.

El día del concurso de tiro en Rrnajë acarició el guijarro del agujero, con intensidad, siempre lo llevaba en el mismo bolsillo, el derecho. Los hombres armaban jaleo. Inútil, pensó Mark Doda, eran sonidos inútiles, palabras de más, fruto del exceso de excitación. Lul, el dueño de la taberna de Rrnajë, propuso empezar por los blancos más fáciles, piedras de tamaño mediano dispuestas encima de rocas más grandes. Sólo se podían usar kalashnikov, para entonces en cada *kulla* había más de uno. Se habían forzado los arsenales militares de Tirana. El país se había vuelto loco, la gente se liaba a tiros por las calles. Dos meses más y llegaría el año 1998. Las armas viajaban por Montenegro y Kosovo hasta Serbia pasando por las Montañas Malditas.

Lul insistió en que organizasen un concurso de tiro en vez de hacer como los cretinos de la ciudad, que disparaban sin ton ni son. Escogieron un claro en un desfiladero a las afueras de Rrnajë. Después de cada ronda bebían aguardiente: la primera ronda corrió a cuenta de Lul, tras lo cual fueron pagando todos los participantes por turnos. Los blancos se cambiaban después de cada vuelta y eran cada vez más pequeños.

Mark sudaba sin dejar de acariciar el amuleto a escondidas.

Dadas las circunstancias, no le fue mal. Lo eliminaron hacia la mitad de la competición, jamás hubiera pensado que llegaría tan lejos. Hasta se impuso a Shkurtan, del clan de los Gjetaj. Al final, cuando se restituyó el silencio, el aire apestaba a plomo y a aguardiente.

Los hombres se quedaron postrados, unos por el suelo, otros en sillas desvencijadas, embebidos de sus propias melancolías, hasta que fue noche profunda. Al día siguiente, los niños de Rrnajë recogieron los casquillos, los hombres del clan Gjetaj gozaron de unas semanas de gloria gracias a la bravura como tirador de Shkurtan. Luego, de nuevo la nada.

Sola en la estrecha garita del vigilante, sonríe. El recuerdo de sí misma en la piel de Mark sólo puede complacerla, al margen de otras sensaciones. La misma sonrisa le ha dedicado a Jack, sin mediar palabra. Tiene el mundo a sus pies. Han transcurrido poco más de tres meses desde que se despidiera de Rrnajë y mírala ahora: gracias a Shtjefën tiene trabajo. Es tan feliz que si pudiera se daría un fuerte abrazo.

Si el primer día la cosa ya va así, entonces todo irá bien. Basta con prestar atención. Con ser diligente. Puntual. Con no amedrentarse con el idioma. Con responder a los automovilistas que solicitan información articulando bien cada palabra, sin prisa. Acaba de llegar y puede confesarlo sin reparos, Lila se lo ha aconsejado varias veces. En Estados Unidos, ser un recién llegado no es un obstáculo tan importante. En Europa te etiquetan de inmediato como un ser inferior, sobre todo en el centro y el sur del continente: si dices que eres albanés, estás perdido. En ese sentido, mucho mejor Estados Unidos. Es un país duro, pero están tan acostumbrados a los extranjeros que casi no les prestan atención. Además, nadie mete las narices en tu vida privada: nada de preguntas indiscretas, los americanos siempre andan con prisas y no se meten en camisa de once varas. A Hana le gusta eso más que todo lo demás.

Un coche de gran cilindrada está entrando en el aparcamiento semivacío. Al volante va una mujer enorme; es obesa y le costará salir del habitáculo. Hana le entrega el billete de entrada, que ella deja en el salpicadero. Todo correcto.

La jornada discurre entre un coche que entra y otro que sale, sin incidentes destacables. Hana alisa bien los billetes arrugados, la mayoría de un dólar, y los ordena. Repite cada operación tres veces para asegurarse de que lo hace bien.

Jack regresa para recoger la caja del día, acompañado por el empleado que sustituirá a Hana durante el turno de noche, un tipo que habla a base de gruñidos, de origen polaco. Si hubiera sido un poco más afable, Hana le habría confiado que ella era albanesa —hubo un tiempo en que polacos y albaneses formaron parte del mismo bloque comunista—, pero el hombre no da muestras de querer charlar.

Espera a que llegue Shtjefën apoyada en el poste de una farola, en la acera. Es una tarde fría. El invierno ha llegado de golpe. Hana se concentra en las zapatillas de deporte que se ha puesto ese día por primera vez. Son blancas y azules y quedan bien con los pantalones y la chaqueta azul y la camisa blanca. A la izquierda, la camisa tiene un bolsillito con el borde de encaje rosa. Hana lo acaricia.

Shtjefën frena el coche junto a ella. Hana podría haber cogido el autobús, para volver a casa son sólo unas pocas paradas, pero tanto Lila como Shtjefën habían insistido.

—Sube —le dice—. ¿Llevas mucho rato esperando?

Ella monta en el coche un tanto distraída.

—¿Todo bien? —añade Shtjefën—. ¿Por qué no me has esperado en el bar en vez de quedarte aquí cogiendo frío? Llevabas dinero encima, ¿no?

—Todo bien, sí. Ha sido fácil.

—Ya te lo dije.

Shtjefën se pone en marcha quemando rueda. Le hace falta un corte de pelo, y descansar más, piensa Hana, y por eso decide guardar silencio.

En lugar de detenerse en casa, Shtjefën sigue adelante sin dar explicaciones. En la entrada de Gaithersburg le anuncia que están yendo a comprar un coche para ella. Un Honda de segunda mano.

—El hijo de un empleado mío tiene un pequeño garaje y nos hace un precio buenísimo por un coche que iba a acabar en el desguace.

—¿Lo sabe Lila?

—Lila te ataría a la cama con tal de no dejarte ir, no queda otra que presentarle los hechos consumados. Hoy pago yo, ya me devolverás el dinero cuando puedas.

—Le va a sentar mal.

—Tu prima es muy comprensiva, sólo hay que saber cómo entrarle. —Shtjefën esboza una sonrisa socarrona—. Y yo sé muy bien cómo entrarle —añade.

Hana está tan contenta que le da apuro. Y le pica el pecho izquierdo. Es demasiado para un solo día.

—Shtjefën, yo te…

—No te sulfures —la interrumpe él de pronto—, ni me des las gracias, ten piedad de mí. Lo único que sabes decir es «gracias», no puedo más.

Menos de una hora más tarde, Hana se convierte en propietaria de un Honda blanco que conduce hasta casa con muchísimo cuidado, siguiendo el coche de Shtjefën.

Cuando llegan a su destino, Jonida deja escapar uno de sus salvajes «¡Halaaa!». Lila se muestra tristemente feliz. Hana anuncia que va a comprar cuatro bistecs en Whole Foods y de nada sirven las protestas de la familia, que no compra nunca en ese supermercado porque es un sitio para gente elegante y acomodada que sólo consume alimentos ecológicos, todo cuesta un ojo de la cara.

Acaricia el permiso de conducir del estado de Maryland, se mete en su Honda de doce años de edad y se pone en marcha. Compra carne y ensalada, y vino en otra tienda. Y dos cajetillas de tabaco.

Se gasta casi cien dólares.

Esa noche come, bebe y fuma y hasta Jonida se queda sin palabras. Sobre las once, la niña cae rendida y su madre la lleva a la cama en brazos. Hana ha bebido tanto alcohol que se siente como un roble.

Cuando termina en el baño con la cabeza metida en la taza del váter, vomitando hasta el alma, su prima no se atreve siquiera a ayudarla.

—Perdóname, Lila, no volverá a pasar —dice por la mañana antes de marcharse a trabajar.

Aparca el coche en una de las plazas reservadas para el personal. Durante toda la jornada se sentirá estúpidamente orgullosa.

Cuando regresa a casa aún no se le ha pasado la jaqueca. Decide dedicar la velada a estudiar el mapa de Maryland: le haría ilusión llegar algún día hasta Annapolis, la capital del estado, para ir a ver una parte de la gran bahía de Chesapeake.

Shtjefën y Lila han salido al cine de Rockville.

—Cita de tortolitos —comenta Jonida—. Dios nos proteja de los romanticones tardíos.

Pero se alegra por ellos y les ha dado un beso cariñoso antes de dejarlos marchar.

Sobrina y tía pasan juntas sólo una hora. Hana le pide que le enseñe nociones de informática. Lo estrictamente necesario, añade. A pesar de todo, le cuesta comprender bien a la primera. La niña resopla. Quizá sea mejor así, piensa Hana. Ya aprenderé. En realidad, es más feliz cuando se queda sola. Desde que abandonó las montañas, echa en falta la soledad. En otros tiempos habría dado cualquier cosa con tal de gozar de un poco de compañía. Ahora, en cambio, su vida está demasiado saturada.

4.
JUNIO DE 2002

Es jueves. El verano estalla con una humedad asfixiante. Hana no ha bebido ni una gota de alcohol en seis meses, desde la borrachera del primer día de trabajo, pero esta tarde ha decidido comprar una botella de vino y sale de su minúsculo apartamento con paso seguro. Se mudó hace tres semanas. Ha alquilado un estudio estrecho y ruidoso a pocos metros del frenético tráfico de la Rockville Pike, a unos quince minutos de la casa de Lila y Shtjefën. Seiscientos dólares al mes. Pagó por anticipado las dos primeras mensualidades. Firmó el contrato, una resma de papeles que le causaron no poca angustia, con mil sutilezas y términos jurídicos que fue corriendo a buscar en el diccionario con meticulosidad recelosa.

En la tiendita que hay cerca de su casa, el joven dependiente se equivoca al darle las vueltas: faltan cinco dólares, y Hana se los reclama. Él le pide perdón. Hana sonríe.

Regresa con el mismo paso seguro y abre la puerta del piso. Se detiene en el umbral. Después de un día entero trajinando, la casa está ordenada y limpia como un hospital.

Está todo bajo control, piensa. Sigue así, con calma. Primero tómate un vino. Luego, quítate despacio la ropa y observa tu propia desnudez. Luego, haz el amor contigo misma y a ver cómo se te da.

Cumple con la primera parte del plan: vino, brindis, leve achispamiento alentador que no la alienta en absoluto. Se esmera en hacer el amor a solas, pero aparte de la vergüenza no siente nada.

«Eres patética», se dice. Y se acuesta.

Antes de conciliar el sueño, sin embargo, se jura a sí misma que el jueves siguiente, su día libre, ajustará cuentas seriamente con su propio cuerpo. Con tocarse hasta hacerse daño no es suficiente. Ha llegado a la conclusión de que debe estudiarse en el espejo, afrontar la visión de su propia carne, contemplarse. Tiene una semana entera para trabajar en ello. Si no, ¿para qué se ha gastado dinero en el espejo que ha colgado en el pasillo? Lo compró en Ikea por treinta dólares. El zumbido del aire acondicionado le ataca los nervios. Lo escucha durante unos instantes y al fin se rinde al sueño.

Siete días más tarde se planta frente al espejo.

Vamos a quitarnos estos trapos, se dice.

El rumor del aire acondicionado no ceja. Y el frigorífico acaba de empezar a vibrar. Apaga el aparato de la climatización. Baja las persianas. El edificio de enfrente queda muy cerca y la ventana no tiene cortinas.

Se pone delante del espejo. Se quita la camiseta de algodón celeste. El sujetador lo deja. Se zafa de las zapatillas de andar por casa y las aparta con lentitud hacia un rincón del pasillo, cerca de la mesilla para el teléfono. Se baja los pantalones. Las bragas le quedan un pelín holgadas, son azul oscuro, en las próximas rebajas se comprará otras mejores. Ahora sabe que debe elegir la talla xs.

Desvía la mirada y se quita también el sujetador. El aire de la habitación se va adensando. Cierra los ojos y pasa los pulgares por debajo de la goma azul. Los dedos tocan el vientre, planísimo; el sueño de cualquier mujer, o al menos eso es lo que asegura Lila. Una vena late bajo la piel, a la izquierda del ombligo. Cierra los ojos. Desplaza las manos a la pelvis.

Baja la última defensa, empuja despacio las bragas hasta las rodillas, los tobillos; las dobla y las deja encima de la mesilla. Adopta de nuevo la postura inicial. Evita su propia mirada.

No sabe si lo que ve es feo o bonito. Ha visto poquísimos cuerpos desnudos en su vida: tía Katrina siendo ya una anciana, tío Gjergj muerto, cuando tuvieron que lavarlo antes del velatorio. No recuerda haber visto nunca a su madre en cueros.

Se alegra de que esta vez al menos esté superando el apuro. Se siente mejor de lo que esperaba. Ha pensado en este momento tan temido durante años, y, sin embargo, es un instante ordinario, banal y crudo, en absoluto especial.

Desnudarse en medio del frío de la *kulla* y asearse echándose por encima agua con la palangana de cobre no tenía nada que ver. Allí no había espejos, y ella era Mark. El rigor de las montañas sondeaba hasta los pensamientos más ocultos. Hacías lo que exigía el honor de los Doda, y observar la propia desnudez era una indignidad, simple y llanamente. Así lo dictaba la antigua ley de las montañas, y nada infundía más temor que el Kanun, oscuro y fulgurante como una pesadilla recurrente.

Hana trata de dirigir su atención hacia su cuerpo. Del hombre que temía que pudiera resistir con tenacidad dentro de ella no queda ya ni rastro. Ese hombre sólo era una corteza en la superficie, Lila tenía razón, Mark Doda vivió únicamente en los gestos varoniles que Hana se esforzó en imitar, en el cutis deslucido por la mala alimentación y la falta de cuidados. Mark Doda había sido el fruto de su férrea voluntad.

Así y todo, quedan aún las costillas, un poco salientes de más. Y las piernas, rectas pero sin tornear. El pecho no es más voluminoso que el de una chiquilla, Hana siente que su vulnerable optimismo se desmenuza a una velocidad vertiginosa y se viste antes de que sea demasiado tarde.

Se dirige a la cocina diminuta y se prepara un café turco. Lila le ha regalado un *xhezve*. Hana observa el hervor hasta que el líquido negro sube y hace espuma, entonces lo aparta de la placa. Lo toma sin azúcar. Lava la taza. Marca el número de Lila, que nada más descolgar le pregunta qué ha pasado. Desde que Hana se independizó piensa que las catástrofes andan siempre al acecho.

—Nada, sólo quería saludarte.

—Algo más pasa, Hana.

—Me he mirado desnuda. Me he visto menos fea.

Hana capta la leve sonrisa de su prima.

—No me cabía la menor duda de que así sería —dice—, pero a ver quién era la guapa que te convencía.

—Me parece que tendrás que echarme una mano con el tema de las cremas corporales. Tengo la piel muy seca.

Lila le pregunta si por un casual no le estará pidiendo que acuda a su casa ahora mismo. Hana tarda en responder. Y confiesa que se lo agradecería mucho si pudiera dormir con ella esa noche.

—Vale, me visto y voy.

—Gracias, Lila.

Han apagado la luz. Miran al techo en perfecto silencio. La cama es de un metro veinte y para dos personas resulta incómoda, sobre todo por la corpulencia de Lila. La compraron en una tienda del Ejército de Salvación. Chirría hasta cuando no te mueves. Hana la ha bautizado como Jim. En albanés, la palabra «cama» es masculina; en inglés, en cambio, no existen distinciones de género para los sustantivos. En cualquier caso, esta cama en concreto se llama Jim. A saber con quién pelea Jim para armar tanto jaleo. Tal vez conserve recuerdos de bosques remotos, de parejas que se apoyaron contra él para hacer el amor cuando aún era árbol. Sentirá nostalgia de la floresta, eso seguro.

A Hana le complace atribuir nombres propios a los objetos domésticos; no a todos, sólo a los más grandes. Empezó a hacerlo con Jonida, que lo pasaba bomba con aquel juego.

Lila, a su vera, huele a jabón.

—¿Cómo vas a vivir así, Hana? —susurra—. Toda la vida sola...

—Tú vendrás de vez en cuando. Como hoy. Y será bonito.

—Y también triste.

—No, triste no es.

—¿Cómo es posible que nunca te enfurezcas? Yo en tu lugar me volvería loca.

Desde fuera se cuelan la luz tenue de una farola y el murmullo del tráfico. No es un barrio bonito. Dicen que tampoco es especialmente seguro. Sin embargo, a Hana no la asalta ninguna sensación de peligro cuando sale de casa. Además, aquí puede permitirse pagar el alquiler con el sueldo modesto que cobra, y el piso no queda lejos de la casa de su prima.

—No me has contestado —insiste Lila—. ¿Cómo es posible que nunca te enfurezcas?

—¿Con quién debería enfurecerme?

—Yo qué sé... —Lila recoge las manos en la nuca—. Con esta vida coja que tienes.

—¿Coja? A ver, claro que he estado furiosa, todo el primer año después de que muriera tío Gjergj. Aunque no era furia-furia.

Dedican un momento a escuchar la noche.

—¿Te has enamorado alguna vez?

—Una vez estuve a punto, creo. Hubo un chico. Podría haberme enamorado de él, pero se fue a Francia. Se marchó antes de que germinase el amor.

—¿Él sabía que te gustaba? ¿Se lo llegaste a confesar?

—En cierto modo.

—¿En cierto modo qué quiere decir?

—Estábamos en Albania, Lila. —Hana sonríe sin dejar de mirar el techo—. Se te sigue olvidando.

—Algunas cosas se olvidan, es verdad.

De nuevo guardan silencio.

Si eres mujer, y de Albania, y montañesa, y eres católica y a tu Cristo culpable lo han desterrado los comunistas, no te queda más remedio que olvidar los horrores que te han obligado a tragar por la fuerza vendiéndotelos como vida.

Aquello no era vida, era el aniquilador aliento del miedo, el dolor que rozaba el placer atroz de una muerte que siempre estaba ahí, llamando a la puerta, sin entrar jamás. La muerte se hacía oír, pero no llegaba. Pura maldad, amenaza latente, pesadilla que no había manera de ahuyentar.

Para no caer en la locura tratas de olvidar, aunque lo lleves todo contigo bajo el manto de la cotidianidad. Y allí, en aquel momento, en plena noche, son suficientes las palabras «estábamos en Albania, Lila» para que todo vuelva a aflorar.

—Háblame del chico que te gustaba.

Hana le cuenta hasta el último detalle como no había hecho nunca, ni siquiera consigo misma. A Arben Leska le dedicó una veintena de poemas que la ayudaron a mantener la cabeza en su sitio durante los primeros inviernos como hombre, entre un trago de aguardiente y una palmada en la espalda con sus amigotes de Rrnajë.

Un día llegó a las montañas un equipo de periodistas extranjeros que estaba rodando un documental. Los comunistas se habían ido hacía poco. Albania estaba sumida en el caos. Uno de los extranjeros —eran italianos— tenía un reproductor de cedés que antes de marcharse regaló a la taberna de Rrnajë junto con un par de discos. Había una canción que hablaba de los diez mandamientos y que Hana había entendido.

Honra a tu madre, honra a tu padre, y honra también su vara.

Ella había honrado todo lo que había que honrar. Ahora aquello había terminado y no tenía ganas de seguir rumiando el dolor eternamente.

—¿Nos dormimos? —propone Lila y, sin esperar una respuesta, cambia de postura, se coloca de lado y empieza a roncar.

A la mañana siguiente llueve lo justo para suavizar los defectos de calles y edificios. Lila se ha ido antes que Hana, dejando tras de sí la estela de su perfume barato.

Hana se esfuerza por arreglarse, ya que siempre se pone los mismos zapatos, la misma blusa, los mismos pantalones. Tiene dos barras de labios: una rosada, discreta; la otra, color cereza. Esta mañana se aplica la segunda y está satisfecha con su elección. Antes de salir lanza una mirada cariñosa a su apartamento.

Sube al coche y acaricia el volante antes de encender el motor. Adora la carretera 355, conoce ya todos los cruces, todas las salidas, le inspira algo especial incluso el largo desfile de semáforos, que a menudo encuentra seguidos en verde. Mientras conduce se retrotrae a la velada que ha pasado en compañía de Lila.

No es cierto que quiera olvidar Rrnajë. No es cierto. Cabe la posibilidad de que nunca conozca a un hombre que la ame. Cabe la posibilidad de que nunca reciba una caricia, ni siquiera por error. Quizá siga trabajando en el aparcamiento hasta que se muera, y al final de su vida hablará un inglés excelente. Pero entre medias, en algún lugar, entre los pliegues de estas hipótesis, tarde o temprano regresará a Rrnajë para despedirse por última vez.

No es una cuestión de cuentas pendientes, y tampoco hay nada que demostrar.

Es una cuestión del amor por el amor. Ha contraído con Rrnajë una deuda de amor. Es así de sencillo, y así seguirá siendo.

5.
1996

La carta de Lila llega a Rrnajë un miércoles de cielo plomizo. Hana la ha encontrado en el umbral de la *kulla* sobre las diez de la mañana. El cartero no ha llamado a la puerta, la ha dejado allí sin más. Hana examina el sobre mucho rato antes de abrirlo. Pasa la mano por los sellos estadounidenses. Luego, la deja encima de la mesa de madera del patio y entra en casa para beber agua.

Dentro hace frío. La primavera está siendo tardía, casi rencorosa, y se arrastra de mala gana hasta allá arriba. El día anterior hizo sol. Llegó de improviso y se quedó nueve horas, Hana las contó, un sol brutal que expuso las costillas de Rrnajë a una luz despiadada. Las caras de la gente están marcadas por el hambre. Las comidas invernales, compuestas de alubias y de alguna que otra patata, han vuelto espectrales las miradas. No augura nada bueno este sol que ha irrumpido sin previo aviso, sin dejar tiempo para esconderse ni la posibilidad de disimular el sufrimiento.

Hana mira las fotos de Gjergj y Katrina en la pared. Está orgullosa de esos dos retratos. Fue a la ciudad y pidió que se los ampliaran y enmarcaran. El fotógrafo le explicó que la falta de negativos complicaba las cosas y que le costaría el doble. Ella pagó lo que le pidió. Tenía algo de dinero ahorrado. Conducía un camión y se ganaba bien la vida. La cooperativa agrícola en la que había trabajado varios años ya no existía. Ahora cultivaba su propio huerto. Adaptarse o morir.

Eres un buen tipo, se decía con voz de barítono cuando estaba borracha. Le gustaba embriagarse, flotar en una dimensión extraña y dichosa. Cuando recuperaba la lucidez, leía los poemas que había garabateado durante la borrachera.

Hana quiere salir de la *kulla*, acomodarse en la silla medio podrida del patio y abrir por fin la carta de Lila. Aun así, se toma su tiempo. Se le viene a la cabeza que hoy llegarán más extranjeros a Rrnajë. El pueblo los espera desde hace una semana. Así por lo menos ocurre algo y matan el tiempo.

Sin embargo, cuando lleguen los forasteros, los pocos vecinos que quedan en el pueblo no hablarán; se quedarán callados, entre intimidados y soberbios, a pesar de que a estas alturas hasta la soberbia se ha derretido como la nieve al sol. El orgullo se vuelve oscuro y escurridizo. Los occidentales vienen a saquear las historias de este norte que definen como «primitivo y misterioso». Los montañeses que lo deseen hablarán de su vida y a cambio recibirán divisas extranjeras, acaso dólares, acaso marcos alemanes.

Hay gente que suelta cualquier historia con tal de vender algo, lo mismo da que sea cierta o no, porque los extranjeros compran las historias que les apetece escuchar, lo mismo da que sean ciertas o no. En el pasado las cosas eran diferentes. Los montañeses eran hospitalarios pero herméticos. Te abrían las puertas de su casa, pero no las de su mundo; tenías que adivinar tú solo lo que albergaba su alma, si podías. Ahora, la pobreza los ha obligado a aprender a toda prisa ardides nuevos, porque el orgullo no da de comer. Como tampoco da de comer el trabajo, que por allá arriba escasea durante buena parte del año.

Hana se toca lentamente la cabeza con las dos manos, como si quisiera desatornillarla y dejarla a un lado. Es una sensación placentera, por un instante.

Ha sido un invierno de mucha nieve. Ha echado de menos la lluvia de los inviernos pasados. El sonido del agua que cae hace compañía. Además, la lluvia no aísla tanto como la nieve. Son pequeños detalles, se dice, nada insalvable. Y sin embargo. Pequeños. Detalles.

Le perturba el nombre de la intérprete que acudirá junto con la comitiva de extranjeros. Es Blerta, la única amiga de aquel único año de universidad. No la ve desde entonces. ¿Por qué sube hasta aquí con los forasteros?

Por fin sale al patio. No te alteres, se dice mientras observa a su gallina preferida, a la que ha llamado Angelina. Es roja y tiene un aire regio. Muy inteligente pero también un poco cabrona. Aprovecha las distracciones de sus compañeras para robarles trozos de pan. Eso sí, tiene clase para dar y tomar. En una vida anterior debió de ser una personalidad destacada, o un león, o la líder de una bandada de aves migratorias.

Las ovejas se han acercado a la mesa en la que Hana ha dejado el cuenco de pan seco que ha preparado antes. Las gallinas se alborotan, pero no se atreven a acercarse por miedo a que las espanten las ovejas, que dan golpes a la mesa. Agarra el cuenco, se encamina al rincón opuesto del patio y distribuye el amasijo.

Lila escribe:

Hola Hana hermana mía. Aquí estoy escribiéndote, con mucha nostalgia y admiración por lo que estás haciendo. Corren rumores, ¿sabes? Dicen que te has convertido en un buen camionero y que te respetan mucho. Es increíble que los rumores lleguen hasta aquí, hasta América. Han venido más albaneses con la green card. *Y muchos también sólo para tres meses, con visado de turistas, para ver a los parientes. Tú eres la única que se queda allí, como un cuclillo.*

¿Y yo me pregunto qué haces ahí? ¿Por qué no vienes a nuestra casa? Sería la mejor decisión de tu vida. Que así la estás desperdiciando, como si tal cosa, como si no fuera tu vida. Te lo deberías pensar Hana, ¿no crees? ¿Verdad que te lo vas a pensar?

Su prima tiene un problema con la puntuación. ¿A qué vienen los signos de interrogación en «y yo me pregunto qué haces ahí»? ¿Qué pintan? Y la ausencia de coma antes del «Hana». A veces Lila también tiene problemas con la lógica. Sólo hay una cosa que se le da de maravilla: hacer llorar a Hana, siempre. El otro rasgo hermoso de su prima es el amor que le profesa a Shtjefën. Lo ama, lo ama. Lo llama «su puerto, su casa, su techo». Menuda es Lila.

Va a lavarse la cara en la palangana de cobre de tía Katrina. Endereza la espalda, echa un vistazo severo al patio. Ya es hora de que te pongas a hacer algo, se dice. Aun así, se detiene un momento delante de la palangana. Es pequeña, reluciente. Nunca ha permitido que se ennegrezca. La restriega a conciencia. Es el objeto más bonito de la casa. Formaba parte de la dote de tía Katrina. Antes de ser suya había pertenecido a su madre, y antes, a su abuela. En la familia se cuenta que esa palangana tiene más de dos siglos. Sus contornos son elegantes y sobrios. Las mujeres de la casa sólo la han usado para lavarse la cara. Algún día, si decide marcharse a América, se la llevará consigo. La sola idea la fulmina. Ahora sí que toca ponerse manos a la obra.

Repara la empalizada, que se está cayendo a pedazos. Limpia a fondo el establo y guarda de nuevo a los animales para poder pasarle la escoba a todo el patio. Va al huerto para comprobar cómo medran las hortalizas que sembró y cubrió dos semanas antes. Hace todas estas tareas sin parar de fumar.

Si no llueve, mañana terminará con la faena. Pasado mañana se encargará del camión chino, lo bajará a Shkodër para que le revisen los frenos. En verano lo usa para transportar verdura desde y hasta la ciudad, o bien para llevar a gente cuando hay una boda en Shkodër o en Lezhë.

La carta de Lila se le ha quedado agazapada en las entrañas. Repasa una y otra vez mentalmente todos los detalles sobre Jonida, que está creciendo, sobre cómo a veces marido y mujer se quedan dormidos de pie, de puro cansancio por el exceso de trabajo. Sobre lo bien que se sienten, en absoluto pobres a pesar de las muchas dificultades. Sobre la ilusión que les haría hospedar a Hana en su casa.

Es la cuarta carta que te escribo, Hana, y para mí escribir no es fácil, conque imagínate lo que me cuesta ordenar los pensamientos, así que ni se te ocurra reírte de mí. Y dime, ¿me vas a dar una respuesta? ¿Quieres venir de vacaciones y ver cómo es todo antes de tomar una decisión? Tienes veintinueve años, decídete. No puedes ser un hombre para siempre sólo porque una vez las circunstancias te obligaron a serlo. Como esperes demasiado serás ya vieja, y la vejez es muy ingrata, o eso dice todo el mundo.

Cuando llaman al portón del patio está sucia y sudada. Grita al visitante desconocido que entre y se queda inmóvil con las manos en los bolsillos de los pantalones.

Es Blerta, que asoma la cabeza con timidez. Se miran de arriba abajo. Hana imagina la impresión que da a su excompañera de universidad, pero decide que le trae sin cuidado. No saca las manos de los bolsillos. Blerta es tan mujer, tan guapa… Cabello largo y liso, rubísimo, jersey negro ligero con cuello de pico por encima de una camisa, y pantalones rojos. Nada de maquillaje, sólo un leve toque de carmín.

—Hola, Hana —dice.

—Soy Mark. Ya no soy Hana y lo sabes.

—Es que no sabía cómo...

—Corta el rollo.

—¿Puedo pasar?

—Ya lo has hecho. Bienvenida, Blerta.

Avanza hacia la *kulla*. Percibe que su amiga no se mueve. Hana se detiene, pero no se gira.

—Espero que hayas venido sola —le dice—. No me habrás traído a tus periodistas...

—No.

—Pues entonces ven. Me alegro de tenerte aquí.

Dentro de la *kulla* estará mejor. El ojo de Blerta no dispondrá de luz suficiente para seguir radiografiándola. Hana se sentirá más protegida.

Toman asiento en los *shilte*. La invitada mira a su alrededor. Hana se enciende un pitillo y le ofrece la caja de aluminio donde tiene el tabaco ya liado.

—No, gracias —sonríe Blerta, sintiéndose culpable—, nunca he fumado.

—Una vez fumaste, antes del segundo examen.

—Ah, sí, puede ser, ni me acordaba... Es verdad, ahora que...

—¿Quiénes son estos extranjeros? ¿Por qué han venido hasta aquí?

—Son ingleses, están rodando el típico documental sobre el Kanun. Yo colaboro como intérprete. Pagan bien y...

—Trabajas en Tirana, por lo que tengo entendido.

—Hice un máster de dos años en Estados Unidos con una beca Fullbright. Volví hace seis meses y ahora vivo en Tirana, sí.

—Vaya, vaya.

Silencio.

—Estaba deseando verte. Sabías que iba a venir, ¿no?

—Aquí todo se sabe, siempre. Pasan bastantes extranjeros de un tiempo a esta parte.

—Ya.

—¿Qué quieres de mí, Blerta?

—Nada, sólo he venido para verte.

—No, no has venido para verme sino por tu trabajo, y como soy el único hombre ilustrado que queda en Rrnajë porque a los de verdad se los han llevado por delante la venganza o el hambre, se te ha ocurrido que te eche una mano.

Blerta está deseando salir de allí. Hana disfruta viéndola sufrir. Inspira la última bocanada de humo y antes de apagar el cigarro se enciende otro.

Blerta se atreve a señalarle que está siendo muy hostil y que no entiende por qué.

—Mejor que no lo entiendas. Hoy tengo bastante que hacer y no me apetece mucho hablar.

Blerta se pone de pie. Hana admira el cuerpo estilizado que ha perdido todo su provincianismo.

—Como quieras. Estaremos tres semanas por aquí —concluye Blerta—. Lamento haberte molestado.

—¿Dónde dormiréis? —pregunta con brusquedad Hana.

—En una *kulla* en Theth.

—¿Y esta noche?

—También. Salimos dentro de una hora.

—Puedes dormir aquí, si no te da asco.

—No, mejor me voy. Cuídate mucho, Hana.

Blerta sale. Hana pone una botella de *raki* encima de la mesa baja, un poco de queso de oveja, unas aceitunas envasadas que compró en Shkodër hace unas semanas. Bebe sin parar, incluso cuando se le acaban las aceitunas y el queso. Una vez apurada la botella, se desploma encima del *kilim*.

Durante varios días no se deja ver por el pueblo. Si por casualidad se cruzase con Blerta no sabría cómo comportarse. Maldito orgullo, se dice. Le gusta ser grosera. ¡Que Blerta se escandalizara, como en los viejos tiempos! Qué mala eres, se dice. Eres una cabrona, Hana, sigues teniendo dentro el encabronamiento de las mujeres, desde luego un angelito no eres.

Uno de esos días se marcha a Shkodër, todavía tiene que llevar a revisar los frenos del camión.

El mecánico, de unos cuarenta y cinco años, que adora su oficio, tiene a los hijos emigrados en Italia. En los años del régimen trabajaba en una fábrica. Hana nunca ha sabido en cuál, porque las fábricas de aquellos tiempos eran todas iguales, ruinas oxidadas regaladas por el Gran Hermano Soviético o por los Grandes Hermanos Chinos que, más que maquinaria, parecían alojar viejos esqueletos que se mantenían en pie unidos por saliva. El hecho de que su camión sea de producción china le proporciona a Hana un placer sutil, pues los chinos todavía están bajo el comunismo y la liliputiense Albania ya no. El mecánico se llama Fahri.

—¿La libertad? Maravillosa, amigo mío —le dice a Hana—. No te lo discuto. Pero ¿te la puedes comer? No.

Hana sigue con la mirada las manos pringadas de grasa que el hombre agita en el aire. Son bonitas esas manos renegridas, un baile de mariposas rechonchas; si hubiese sido fotógrafa las habría inmortalizado con su cámara.

—Yo te pongo a punto a la bestia —añade Fahri sin esperar una respuesta—, pero primero vamos a tomarnos un café.

El bar está abarrotado. El hombre pide dos cortos.

—¿Te puedo hacer una pregunta? —le dice a Hana cuando el camarero les sirve los cafés—. ¿Cómo es que te has quedado en Rrnajë? ¿Por qué no te has ido al extranjero? Podrías trabajar en la construcción, en Italia, en Grecia, en Francia o en América. Cualquier sitio es mejor que esto.

Hana le señala que él también se ha quedado en Albania. El hombre niega con la cabeza.

—Mandé a mis dos varones a Italia en cuanto cayó el régimen, con los primeros barcos que zarparon. Ahora les va bien, pero al principio lo pasaron fatal. Fueron a una ciudad que se llama Treviso, en el norte. Mucho racismo en aquella zona, basta con que digas que eres albanés para que te tachen de criminal. Luego probaron suerte en Grecia; peor todavía. Se volvieron a Italia, cerca de Roma. Son mecánicos los dos. Allí les va mejor. Roma es grande. Y ellos han salido a mí, son unos currantes natos.

Fahri endereza el torso y esboza una sonrisa cariada; le falta uno de los incisivos. A Hana también le faltan dos muelas. No va al dentista desde hace siete años. Le devuelve la sonrisa.

Está cantando el muecín. Shkodër se ha llenado de mezquitas. Fahri se pone serio.

—Cuando uno tiene hijos vive por y para ellos, amigo —dice—. Tanto yo como mi señora aquí nos quedamos y aquí queremos morir. Una vez fuimos a Roma a ver a los muchachos. Nos trataron como a príncipes.

Hace un gesto indescifrable. Es un padrazo, puro amor paterno que se manifiesta sin la hipocresía de aparentar desapego.

—Pero ¿tú? Tú tienes que irte de este país loco, Mark, todavía eres joven. ¿No ves que el norte se ha vaciado? Dicen que hay un millón de albaneses vagando por el mundo, todos los que se fueron cuando llegó la democracia. Y si no quieres abandonar el país, al menos bájate aquí, a la ciudad. Podríamos asociarnos, ¿qué me dices? Tú te ocupas de las facturas, de los clientes, de pedir los recambios a Tirana. Eres un hombre leído y te defiendes bien con el papeleo, o eso dicen. Llevo un tiempo pensándolo, pero no había tenido ocasión de proponértelo.

Fahri apura el café con un último sorbo veloz.

—Las personas con estudios se han largado. Nosotros los ignorantes sabemos dar el callo, sí, pero el coco, hijo mío, ¿a quién le queda ya algo de coco por aquí? En definitiva, piénsatelo, a ti que no te falta cerebro.

—Gracias, Fahri, me lo pensaré.

—Venga, vamos a echarle un ojo a esa chatarra china tuya.

Mientras él trabaja, Hana fuma y se refleja en el cristal inmundo de la puerta del garaje abierta de par en par. Parece un espantapájaros, con las mejillas hundidas como la muerte, el pelo desgreñado, una camisa tres tallas más grande. El muecín sigue tocando los cojones con su letanía.

Fahri enciende el motor. Ella se aparta de la entrada, lo deja pasar y ve cómo desaparece al doblar la esquina por la calle antiguamente empedrada y ahora recubierta de barro.

Quizá fue una tarde como ésta también allí, en la inmensa China, treinta o cuarenta años antes, cuando otros obreros dieron por concluidas las pruebas del camión ya anticuadísimo cuyo destino era ser un regalo para Albania.

Hana recuerda a los chinos con sus uniformes azules. Sólo en una ocasión los había visto en persona, en la plaza Skanderbeg de Tirana, un pequeño grupo de cinco que pasaba por allí. Era su primera visita a la capital, durante una excursión escolar.

Pero los chinos salían también en el televisor de la cooperativa agrícola de Rrnajë. Gente extraña. Se contaba que comían serpientes. ¿Sería verdad? Hana ignoraba qué comían los chinos. A Albania sólo habían llevado camiones destartalados, bicicletas sin cambios, una planta metalúrgica con más años que un bosque y sus *ballets* de música tediosa. Los chinos que Hana recordaba parecían tristes. A lo mejor por los instrumentos musicales, todos de cuerda, un plomo insoportable. Nada que ver con la danza de las espadas del norte de Albania.

Fahri regresa con el camión y gesticula todo emocionado, sacando el brazo izquierdo por la ventanilla.

—¡Todo en orden! —exclama orgulloso.

Hana le da las gracias, le paga el trabajo y se marcha.

Una semana más tarde va a buscar a Blerta. Esta vez su amiga tiene el pelo recogido y lleva unos vaqueros y una blusa blanca. Dos extranjeros filman el centro del pueblo. Blerta está de pie detrás de ellos. Casi se está poniendo el sol. Hace fresco.

—He venido a saludarte —dice Hana con apuro—. El otro día no estuve muy simpática, por decirlo suavemente. Así que...

—No te preocupes... Qué bonito es esto. Qué paz. ¿Siempre es así de bonito?

Estás muy equivocada, piensa Hana para sus adentros, aquí hay de todo menos paz. Pero qué le vamos a hacer.

—¿Estás casada, Blerta? —dice en lugar de contestar a su pregunta.

¿Cómo ha conseguido ser tan guapa? Era una chica del montón y se ha convertido en una especie de diosa. Tiene los ojos del color del mar embravecido. Le sientan bien los vaqueros. Le sentaría bien hasta un saco de patatas.

—No, no estoy casada. Tengo novio. Lejos, en Estados Unidos.

Hana la mira con expresión interrogativa.

—Vivimos juntos un tiempo, pero no quiso que nos casáramos. Era muy pronto para él, no se sentía preparado. Y a mí, una vez que terminé el máster, se me acabó el permiso para quedarme en el país, así que aquí estoy.

—¿Hablas con él de vez en cuando?

—Me llama todos los fines de semana.

—Entonces la cosa va en serio.

—Pues no sé qué decirte. Sea como sea, sigue llamando.

Hana le dice a Blerta que ha ido a buscarla para invitarla a cenar.

Dos ancianas pasan por su lado empujando sendas carretillas cargadas de patatas y costales de harina. Todos los varones del clan de una de las dos mujeres viven enclaustrados en su *kulla*, amenazados por un pleito antiguo. Ella es la única que puede salir de casa sin arriesgarse a que la acribillen a escopetazos. El Kanun dicta que contra mujeres, niños y curas no se dispara. El clan de la anciana está en deuda de sangre con otro clan de Bogë. Antes de alejarse, la mujer, Hakia, intercambia una mirada con Hana. Aunque no saluda, la comisura de sus labios insinúa algo, una leve mueca. Hakia tiene ojos de árbol que aguarda el hachazo. ¿Cómo será convivir con diez hombres recluidos en una *kulla* y ser el único hilo de esperanza para tanta masculinidad frustrada? La estela de sangre que se despliega entre las dos familias tiene cien años de antigüedad, con el paréntesis de tregua que impuso el comunismo. Hakia almacena un siglo de muertes en su recuerdo.

Hana dirige la atención de nuevo a Blerta y le pregunta qué estudió en Estados Unidos.

—Psicología y Psiquiatría, en Seattle, una ciudad en el estado de Washington, en el noroeste del país.

—Como si me hablaras en chino. —Hana sonríe—. Bueno, ¿vienes esta tarde a mi casa?

—En cuanto acabe con los periodistas. ¿Te va bien sobre las ocho?

Hana corta queso, lo dispone lo mejor que puede en la única bandeja decente que tiene en casa. Es un plato de porcelana antigua, de Turquía, tía Katrina lo guardaba como una reliquia. Machaca las alubias que ha cocido por la mañana para formar una especie de puré. A continuación prepara un sofrito con cebolla y hierbas aromáticas que añade al puré de alubias. A falta de un recipiente más adecuado, emplata el resultado en una cazuela y por último lo adorna con unas guindillas.

Luego se asea con esmero. Se peina el pelo mojado hacia atrás. Si hubiese tenido un poco de pomada se habría puesto. Escoge su mejor camisa, una de franela comprada en el mercado de Lezhë. Y entonces se detiene. ¿Qué diablos?, se pregunta. ¿Qué diablos estás haciendo?

En ésas aparece Blerta.

—Hola, Hana. ¿Me dejas abrazarte esta vez? —le suelta a bocajarro.

—Venga ese abrazo, si tanto significa para ti.

Se estrechan durante unos pocos y bochornosos segundos. Blerta no parece querer soltar a su presa, así que Hana se concentra en la foto de Gjergj que tiene delante; o, mejor todavía, en sus siniestros bigotes, encrespados y negros como la pez.

—Blerta, no te pases, que soy un hombre —bromea.

—Tú tienes de hombre lo que yo de Caperucita Roja.

—Anda, suéltame ya. —Hana se aparta y se abalanza sobre la mesa, donde trastea inútilmente con los tenedores de aluminio deformados.

Blerta toma asiento.

—Hana —dice en tono solemne—. Relájate. Soy Blerta, tu antigua compañera de universidad, y he venido para estar contigo, ¿vale?

—Para comer hay puré de alubias y queso de oveja, pan negro, y todo el *raki* que quieras si te apetece emborracharte.

—No bebo *raki* —se excusa Blerta.

Pero Hana le sirve igualmente y ella no se opone. Se comen el puré acompañándolo con el queso, que está verdaderamente exquisito.

Se cuentan sin mucho afán varios acontecimientos marginales de sus vidas. Luego, Blerta dice que antes o después querría tener un bebé, si no con el americano, con otro hombre. Total, hoy en día todo es posible, ¿no?

Hana propone un brindis. Levantan los vasos y beben. Blerta hace un mohín, Hana vacía su aguardiente como si fuera agua y rellena los dos vasitos; constata con estupor que Blerta vuelve a beber. Ahora las dos se sienten más relajadas.

—Sé que estás enfadada porque nunca he subido a verte desde que tomaste los votos de hombre —dice Blerta.

—No vamos a hablar de eso.

—Tenemos que hacerlo. Porque desde entonces me mortifico y no he encontrado paz; porque en la facultad hablamos de ti durante meses.

—Y después os olvidasteis de mí —susurra Hana sin rencor.

Blerta estira la mano para agarrar la botella. Se descalza, se pone más cómoda. Ahora Hana sí que la reconoce.

Es la chica de diez años antes, sentada con las piernas cruzadas encima de la colcha de lana feísima de la cama litera en el dormitorio de la ciudad universitaria de Tirana, divertida y tímida, enamorada en secreto de todos los chicos que pasaban por debajo de su ventana. En aquella época, Hana le dedicó un poema que nunca llegó a darle, no le dio tiempo, se cruzó por medio la muerte de Katrina.

—Sí, esperé durante años que pasaras por aquí al menos una vez —confiesa—. Los primeros años, quiero decir… ¿Por qué no viniste?

Blerta lucha para que el alcohol no la confunda, pero sigue bebiendo.

—¿Habría cambiado algo? —pregunta, pasándose una mano por los ojos—. Qué ricas las alubias.

—No, no habría cambiado nada.

Hana no quiere que esta noche se esfume, que Blerta desaparezca de nuevo y volver a ser Mark, que la vida pase sin que ella haya entendido nada de sí misma.

—Pareces extranjera —le dice—. Y a mí me haces parecer una desgraciada.

—¿Extranjera, yo? —se asombra Blerta.

—El porte, tu inglés tan primoroso… Lo he oído esta tarde cuando hablabas con los del equipo. Sabes lo mucho que amo esa lengua que no pude estudiar en condiciones. En fin, que me siento fea e ignorante.

La amiga esboza una leve sonrisa.

—Tú eras guapa, Hana, pero siempre has hecho todo lo posible para que no se notara.

—¡¿Yo?!

—Tú, tú. Pero ¡si a todos se les caía la baba contigo!

—¡¿Conmigo?! —insiste, porque le complace oír esas palabras. Estás disfrutando, se dice, qué ridícula eres; mira que eres ridícula.

—Y ahora también tienes tu aquél —afirma Blerta con una voz entristecida de repente—, a pesar de los esfuerzos que sigues haciendo para destruirte.

—No digas eso.

Blerta replica que *debe* decirlas porque ha confirmado que no es cierto eso que por aquel entonces pensaban todos.

Hana se come las dos últimas cucharadas de alubias y las baja con el alcohol. Se levanta y abre la estrecha ventana. Con Blerta le apetece hablar de libros, ir a buscar sus cuadernos de poemas y dejarlos en su regazo para que se ría en sus narices.

Apoya la frente en la pared de piedra.

—Gracias por estar aquí hoy, Blerta.

—En todos estos años yo nunca he creído que fueras lesbiana y te hubieras vuelto un hombre sólo para disimularlo.

—¿Eso es lo que decían de mí?

—Sí. Desapareciste del mapa, nunca mandaste una carta, ni diste señales, ni propusiste que viniéramos a verte. Por eso te dejamos en paz. Ése fue el motivo.

Hana regresa y se sienta con las piernas cruzadas. Trata de verse a sí misma a través de los ojos de Blerta. Parezco un Gjergj Doda en miniatura, piensa, pero eso no puede ser lo que ve Blerta, la única imagen de su tío que tiene su amiga es la de la fotografía que cuelga ahora en la pared.

—No debe de haber sido fácil —observa más tarde. Tiene la voz pastosa—. Vivir así...

Hana se humedece un dedo con saliva y lo usa para recoger las migas de pan del mantel y metérselas en la boca. Levanta la mirada.

—Ha sido duro —responde con una sonrisa—. No —se lo piensa mejor—; ha sido un infierno.

Nunca lo había pensado. Ahora sí. Se pone rígida de repente. Sabe que está a punto de oír la pregunta inevitable: «¿Por qué lo hiciste?». Tarde o temprano llegará y a ella no le apetece afrontarla. Pero Blerta guarda silencio. Guarda silencio largo rato, tanto que casi consigue irritar a Hana. Entonces su amiga especifica que no pretende pedir explicaciones sobre su decisión, ningún porqué tendría ya sentido alguno.

Blerta sigue siendo la mejor. Hana ríe, consciente de los dientes amarillos, la piel seca y el pelo estropajoso. Se le escapan las lágrimas y no las disimula. Blerta llora también. Será porque no aguanta bien el *raki*, o por el americano de Seattle. Hana no la mira, se limita a escuchar sus sollozos, casi se siente aliviada. Se seca las mejillas y aguarda que la tristeza de Blerta se atenúe y se sosiegue.

Su amiga se sorbe los mocos. Al cabo de pocos días se marchará de Rrnajë igual que llegó, y tal vez nunca volverán a verse. Ante la idea de no ver más a Blerta, Hana experimenta una punzada de dolor.

—Háblame de estos años, Hana, ¿quieres? —la invita—. Cuéntame cómo fue. Cómo es.

—No hay nada que contar.

—¿Diez años de tu vida y no hay nada que contar?

—No.

—No te creo.

—Me trae sin cuidado.

—¿El qué?

—Que no me creas.

—Por favor.

Hana ríe con las lágrimas de nuevo en los ojos y el corazón tratando en vano de permanecer indiferente.

—No es posible contar tu propia muerte. Dime qué cadáver lo ha conseguido y me quito el sombrero.

Blerta reflexiona sobre esta última frase.

—A melodramática nunca te ganó nadie —suelta en un intento por hacerla reír.

—¡Ojalá fuese melodramática! Lo que soy es patética, nada más.

Hana también ríe. Blerta, con más ganas.

Se recuestan encima de los *shilte* y cada una se enfrasca en sus propios pensamientos.

No hay nada que contar. Blerta se irá y Hana será Mark. Ser hombre tiene sus ventajas. Haces poco o nada. Las que trabajan son las mujeres. Los hombres, sobre todo cuando hay nieve, están ociosos. Dan órdenes, beben y limpian las escopetas. O las usan. Ha habido muchos asesinatos desde que llegó la libertad a Albania.

Según la ley del norte, los hombres deben ocuparse de la tierra, de la familia, del dinero, de las escopetas y del honor. Los hombres pretenden que les devuelvan las tierras, pero los comunistas las expropiaron rompiendo en mil pedazos los títulos de propiedad y los mapas antiguos, de modo que ya nadie se aclara sobre quién es el legítimo propietario de qué. Y a menudo se recurre a las armas para dirimir estos asuntos. Muchos muertos y centenares de mujeres guardando luto. Muchos niños huérfanos de padre.

—¿Y ahora qué harás? —quiere saber Blerta estirando las piernas—. ¿Seguirás viviendo como un hombre?

Se me ha olvidado fumar, piensa Hana de buenas a primeras, y se asombra de sí misma. El tabaco ni siquiera está encima de la mesa.

Se levanta, rebusca, encuentra la caja de aluminio con el águila bicéfala grabada en la tapa. Se sienta y saca el tabaco.

—No sé —responde sin levantar la mirada—. No es que un buen día te hagas hombre y al siguiente tigre o jirafa.

—Conozco las reglas. Estudié el Kanun, sé que has contraído una obligación de por vida. Por eso te lo pregunto.

—A lo hecho, pecho —dice Hana. Sonríe y sigue liándose el cigarrillo—. Lo hecho, hecho está.

—Lárgate de aquí.

—No empieces, no hagas lo mismo que mi prima Lila. ¿Te acuerdas de Lila? Ahora vive en Estados Unidos.

—¡No me digas! —exclama Blerta, y acto seguido vuelve a sumirse en la tristeza. En cuando se pronuncian las palabras «Estados Unidos» Blerta cae en el pozo de la infelicidad: el novio americano, el sueño del bebé que no pasó de ser un espejismo.

Hana la pone al día a grandes rasgos sobre Lila y el ambiente se relaja de nuevo. Blerta se ríe. Hana también. Entre los efluvios del alcohol intercambian chistes y cotillean sobre los excompañeros de universidad. Blerta le cuenta dónde ha terminado Fulana de Tal, con quién se casó Mengana. Y luego enumera varias ciudades extranjeras: una vive en Berlín, otro en Perth, Australia, otros se marcharon a Delhi, a Quito, a Ámsterdam, a Alaska. Los albaneses se han lanzado a conquistar el mundo sin barcos de guerra, sin un idioma potente que imponer a pueblos lejanos, sin tarjetas de crédito, sin dinero para regresar.

Fin del relato.

—Sólo quedamos nosotras dos —sentencia Blerta—. Y nosotras también nos iremos. Quizá.

Se quedan dormidas en el suelo.

Pasan otros cuatro días antes de que vuelvan a verse. Esta vez, Hana le ha retorcido el pescuezo a una de las gallinas, la ha asado con esmero en un rincón del patio y ha hervido patatas.

Blerta tiene el semblante descompuesto por el cansancio, pero se la ve contenta. Ha traído una botella de merlot de Shkodër. Hana le dice que en su *kulla* no tiene buenos cuchillos de mesa y que no sabe cómo van a comerse el pollo. Blerta lo descuartiza con las manos, las tajadas se separan con facilidad, está en su punto.

—¿Es por el americano por lo que hoy estás de buenas? —pregunta Hana.

—Me llamó anoche. Va a venir a Tirana, ¿te lo puedes creer? La semana que viene. ¿Cómo lo has sabido?

Hana ríe. Saca las patatas del paño limpio en el que las había envuelto para que no se enfriaran. Lo colocan todo en la mesa. Blerta descorcha la botella de merlot.

—No me atrevo siquiera a creerme que vaya a venir de verdad. Ya no me atrevo a esperar nada.

—Nadie viaja hasta este agujero de país sólo por una aventurilla sin importancia, Blerta. Esta vez habrá reflexionado más en profundidad.

—Ni lo digas. ¡Gato escaldado, del agua fría huye!

Se sientan con los vasos llenos.

—¡Bueno, a tu salud, hombre de la casa! —grita Blerta.

Hana mete la nariz en el vaso y olisquea el vino. Luego mira a su amiga.

—¿Cómo es el sexo? —pregunta a quemarropa.

Blerta, que sostiene el vaso a la altura de los ojos, lo baja de golpe.

—Tú has vivido con un hombre. ¿Cómo es?

Trata de cavilar, pero no da con una respuesta adecuada y le dice a Hana que su pregunta es demasiado genérica.

—Dime simplemente cómo es —insiste Hana—. En una escala que abarque desde el nada especial, la desilusión de tantas mujeres albanesas y la libertad sexual que ha estallado en las ciudades hoy en día, ¿qué peso tiene en realidad el sexo en la vida cotidiana? Por ejemplo, para una persona como tú, Blerta, ¿cómo es?

La amiga bebe un sorbo de vino.

—Es bonito. Mi experiencia ha sido bonita —dice con naturalidad.

—¿Vale la pena probar, entonces?

—Vale la pena probar, Hana, sí.

—Bien —suspira, aliviada.

6.

DICIEMBRE DE 2002

En la pizarra que cuelga en la cocina, en medio de la lista de cosas que hacer y que comprar, un recordatorio: LLAMA A PATRICK O'CONNOR! Lleva ahí meses, con el tiempo el color se ha deslucido.

Lo escribió ella, sí, pero la idea le pareció un disparate y por eso no ha llamado. Debe hacer cosas sensatas, y buscar a O'Connor no lo es. Sin embargo, piensa en ello. Ha pensado en ello a menudo. Sobre todo desde que Lila empezó a presentarle, como quien no quiere la cosa, un día a un compañero de trabajo, otro día a un amigo de Shtjefën, y en una tercera ocasión a un pariente lejano de Pal que vive en Ohio, tras lo cual Hana decidió cortar por lo sano con aquellas tentativas de apañarle un novio. Amenazó a Lila con cortar las relaciones con ella si insistía en infligirle el castigo de esa ridícula intermediación. No había ido nada menos que a América para verse emparejada con un buen samaritano cualquiera. A Lila le sentó mal, pero captó el mensaje.

En un primer momento, pensar en O'Connor trastornó a Hana, pero con el tiempo se le pasó. Aunque desea conocer a alguien que entienda el peso de su pasado, hasta ahora no ha encontrado a ningún hombre con el que se haya sentido realmente a gusto. Además, pensar en él le resulta agradable. Recuerda sus manos. Recuerda su perfume en aquel vuelo Zúrich-Washington. En un momento de sinceridad máxima, ha llegado a reconocer que tal vez se atreve a pensar en él precisamente porque es inalcanzable. En cualquier caso, todo es una secuencia de «tal vez». Precisamente. Tal vez no lo olvida porque no tiene otros hombres a los que recordar. Tal vez porque la soledad del último año ha sido tan saludable que ha dejado espacio para pensamientos descabellados.

Ese día de diciembre, sin embargo, todo se le antoja posible. Si ha sido capaz de encontrar trabajo como dependienta en una librería grande y prestigiosa, lo demás se vuelve plausible, incluso razonable; hasta llamar por teléfono a Patrick O'Connor. Venderá libros durante tres meses —una sustitución por maternidad—, y luego ya se verá.

Jonida ha ido a casa de Hana para ayudarla a hacerse un *peeling*. Antes de empezar, la niña pone un disco a todo volumen, informa de que lo que suena es Coldplay, grupo que la vuelve loca, y que, por tanto, si a Hana no le gusta, no le quedará otra que aprender a apreciarlo.

Mientras Jonida le extiende un gel exfoliante por el cutis, Hana repasa mentalmente los acontecimientos de las últimas semanas. El más importante, sin duda, ha sido el nuevo empleo, una hazaña que al fin y al cabo resultó bastante fácil. Leyó el anuncio que colgaba de la puerta de la librería y llamó a Jonida para explicarle a toda prisa la situación. Con un tono digno de un consejo de guerra, la chica le recomendó que preguntara de inmediato, que entrara y solicitara hablar con el encargado antes de que contratasen a otra persona. Hana formuló la duda de que quizá en ese tiempo ya hubiesen cubierto la vacante.

—¡En ese caso habrían quitado el cartel, boba! —saltó Jonida—. ¿O es que te da miedo probar suerte? No me digas que estás cagada.

Hana se lanzó. Un par de horas después la habían contratado. El sueldo era modesto, pero disfrutaría de un descuento del treinta por ciento en todos los libros. Dio las gracias al encargado con los ojos empañados.

Lila le reprochó que renunciara a la seguridad del empleo en el aparcamiento, tras lo cual la felicitó de corazón y le hizo un regalo: un traje pantalón de lino.

Hana empezará en el trabajo nuevo en cuanto acaben las fiestas de fin de año, el 2 de enero. Jonida, que este fin de semana duerme en su casa, está muy metida en su papel de esteticista improvisada.

—¿Y si cambiamos de música, cielo? —pregunta con timidez.

La chica la mira de reojo.

—No me digas que te aburre Coldplay.

—Un poquito.

—Eres una ignorante.

—Vale —prueba Hana con otro enfoque—, pero ¿no tienes nada un poco más suave?

—Casualmente traigo también uno de U2. Te gustarán porque son unos carrozas.

Jonida elimina el exfoliante y le extiende una capa gruesa de mascarilla hidratante. Va a cambiar el disco anunciando que habrá también una sesión de maquillaje. Hana protesta.

—No te estoy pidiendo permiso —objeta la chica—. Llevas aquí más de un año y no asoma ni la sombra de un hombre en tu vida. Ahora que has conseguido un buen trabajo, y de cara al público, seguro que conoces a más gente, entre colegas y clientes. Y por eso…

Hana se despereza. Ha cogido un par de kilos que la vuelven más femenina. Le ha crecido el pelo, que le cubre la nuca en un corte cuidado y coqueto.

—No tengo un hombre, pero sí un ordenador operativo —replica con satisfacción—. También amigos hombres con los que salgo a tomar algo de vez en cuando.

—¡Sí, Jack el del aparcamiento! —Ríe Jonida.

—Pues sí.

—¡Es un pringado con mil problemas!

Hana se molesta.

—Qué más da que Jack sea o no un pringado, y menos aún que tenga mil problemas. Es un padre con dos niños pequeños y una exmujer alcoholizada, ¿y qué pasa? Es buena persona, sencillo y muy equilibrado.

—Perdona —se arrepiente enseguida su sobrina—, no era mi intención ofender a nadie.

Hana no consigue que se le pase el enfado.

—Mira que sois cínicos los jóvenes. Quítame esta porquería de la cara.

La música de U2 flota por la habitación con una canción que se titula «Sunday Bloody Sunday». Jonida coge una bola de algodón y retira el exceso de mascarilla del cutis de Hana. Se pone seria de repente. Le gustaría decir algo, pero renuncia, se rasca la barbilla, deja el algodón sucio encima de la mesa de la cocina.

—Me he expresado mal —se decide por fin a la vez que se encamina hacia el fregadero. Pide perdón otra vez—. Es que estoy preocupada por ti. Ha pasado un año y no has conocido a nadie… en ese plan. Me refiero a…

Hana abre la nevera, saca el zumo de frutas.

—No te quieres enterar de que no tengo ninguna prisa —responde.

—Qué rollo escuchar siempre lo mismo —rebate su sobrina, impaciente.

—Y más que lo vas a escuchar, hasta que aprendáis a no estresarme.

—¿Por qué hablas en plural, por qué dices «aprendáis»?

—Porque tu madre también me da la lata. Hasta ha intentado buscarme novios.

Jonida se exaspera.

—Yo no soy mi madre, por si no te habías dado cuenta —comenta con resentimiento.

Hana se acerca y le da un abrazo. Jonida opone una leve resistencia.

—No te enfades, anda —susurra Hana—. Eres muy espabilada y madura, pero hay cosas que no entiendes. Para mí no es tan fácil, ¿sabes? Prefiero ir pasito a pasito. —Deshacen el abrazo—. Pero ¿por qué siempre estamos hablando de mí? ¿No tenemos nada mejor que hacer?

—Sinceramente, todavía te noto aturullada —dice Jonida—. Y el tiempo pasa, Hana.

Lleva unos pantalones de tela militar con bolsillos grandes y un jersey con cremallera. El pelo que se le derrama por la cara la hace parecer al menos un par de años mayor. Hana echa un vistazo al reloj de la pared; son las siete.

—¿Salimos? —propone—. Olvidémonos de estas conversaciones que no van a ninguna parte. Te llevo a Georgetown.

—Cómo te gusta ese sitio de ricachones, ¿eh? —bromea Jonida, y se levanta para lavarse las manos.

—¡Ya lo creo que me gusta! —exclama Hana—. Y estoy lista para llevarte. Iremos por la 355.

Jonida protesta, por la 355 irán a paso de tortuga, mejor sería ir por la autopista, llegarían mucho antes.

Hana enfila la 355 de todos modos. El último tramo lo ha hecho sola tres o cuatro veces en una especie de ensayo general a la espera de aventurarse con alguien más. En esta carretera se siente más segura, la circunvalación de Washington sigue imponiéndole mucho respeto.

Jonida canturrea. Dentro de diez días será Navidad. Dentro de dieciocho, Hana empezará a trabajar en la librería. Su sobrina le da una palmadita en la espalda y le dedica una sonrisa irresistible, se inclina hacia ella y apoya la cabeza en su hombro. Empezar el instituto ha acelerado el proceso de crecimiento. De aquí a poco ya no pedirá carantoñas, piensa Hana, nuestra relación se convertirá en el desierto de los tártaros, en una nueva glaciación, en la muerte. Pero ese día no ha llegado aún, Jonida todavía no se ha ido a la universidad, así que deja de mortificarte sin motivo, se reconviene.

—Estás pensando que crezco muy deprisa —adivina la chica—. Tienes la misma mirada que Lila cuando me dice que no podrá vivir sin mí cuando me marche a estudiar.

Hana sonríe. Resulta que todas las madres son iguales, se dice para sus adentros. Se siente un poco madre de Jonida, aunque se cuida de exteriorizarlo para evitar que Lila crea que la usurpa de su exclusiva relación con su hija.

Encuentra aparcamiento en P Street. Mientras caminan hacia el centro de Georgetown, su sobrina se pone a charlar sin ton ni son. Le habla de sus compañeras de clase, de lo competente que es el profesor de Geometría, que ha conseguido que se apasione por su asignatura, de sus sobresalientes en Historia de Estados Unidos.

Cuando se sientan en un agradable restaurante vietnamita, en una mesa junto a la cristalera, a Hana la embarga una sensación de felicidad sin límites.

Al día siguiente acompaña a Jonida a casa, se toma un café con Lila y Shtjefën y debaten acerca de la comida de Navidad. Lila está a dieta y ha empezado a ir al dentista para regalarse una sonrisa decente. De vez en cuando va también a la peluquería para alisarse los largos bucles. Shtjefën explica que su mujer está intentando engatusarlo por temor a que su viril atractivo acabe atrayendo a otra. Lila sonríe.

—Y qué remedio —argumenta—, aparte de Jonida sólo te tengo a ti. Y ella cada día está más distante, a pesar de todo el amor que le damos. —Suspira y se dirige a Hana—: ¿En qué nos estamos equivocando con esta niña? —le pregunta con un hilo de voz. Jonida ha desaparecido en su cuarto—. ¿Cómo la viste ayer? Va a tu casa siempre que puede. Es como si nos rehuyera.

—Qué cosas dices, amor —protesta Shtjefën—. Tú también vas a casa de Hana. Mañana por la tarde vas a ir, por ejemplo. ¿Y eso significa que nos rehúyes a mí y a Jonida?

Nada más volver a su casa, Hana se pone cómoda y repasa la lista habitual de tareas pendientes, encabezada por la orden de leer veinte páginas del manual de Google y cerciorarse de que ha entendido las instrucciones haciendo unas búsquedas de prueba.

Se toma un té y estudia el manual con suma atención. Le parece que lo comprende todo y se siente orgullosa, pero, en lugar de ponerse a navegar por internet, se queda inmóvil, insegura de repente sobre el rumbo que debe tomar la velada. Es cierto que ha dado pasos de gigante. Ahora se las arregla bien con las cuestiones del día a día y ya no necesita ayuda. Paga las facturas por internet. Se maneja a la perfección a nivel oral y es capaz de leer a Emily Dickinson, a Sylvia Plath, a Gloria Naylor, a Toni Morrison y a todo un ejército de poetas y escritores varones. Hay hojas con anotaciones sobre palabras y expresiones en inglés desperdigadas por toda la casa; la nevera parece la pizarra de una escuela.

«Eso sí, entre las piernas la cosa sigue estéril», dice en voz alta. Mira fijamente la taza de té vacía. Es su favorita, color verde hierba, la ha llamado Melissa. Le gusta ese nombre.

Se dice que ya es hora de yacer por fin junto a un hombre, de sentir el aroma de su cuerpo, a pesar de que no se cansa de repetirles a Jonida y a Lila que no tiene ninguna prisa. Aunque en su diario ha reconocido: «Hana desea hombre», seguido de un signo de exclamación, no puede confesárselo a nadie. Ni a Jonida, ni mucho menos a Jack.

Viendo un programa de televisión descubrió que muchas mujeres resuelven el problema usando un vibrador. Aun así, no sabe dónde comprar uno. Se riñe a sí misma por pensar en obscenidades y se sienta con rabia delante del ordenador, sólo que sus intentos no van a ninguna parte porque no se quita el sexo de la cabeza; hoy ha decidido no darle tregua.

La tarde del día siguiente Lila llega a casa de Hana con la masa para el *byrek* ya trabajada y envuelta en un paño mullido. Irrumpe en la cocina y sin saludar siquiera le pregunta a Hana si ha encendido el horno.

Ella se apoya en el quicio de la puerta. Lila se gira al notar que no se mueve.

—¿Qué haces? Aligera, que la masa está en el punto justo de levado y no puede esperar. Hacia las nueve llegará también Shtjefën.

Lila espolvorea un puñado de harina encima de la mesa. Hana, inmóvil, le pregunta si hace el amor a solas de vez en cuando y si en casa tiene un vibrador. Su prima abre y cierra varios cajones, al parecer está buscando el rodillo.

—Contéstame.

—¿Un vibrador?

—Sí.

—No, el sexo lo practicamos como las personas normales, con lo que Dios nos ha dado. ¿Qué pregunta es ésa?

—¿Entonces por qué te pones colorada?

—¿Dónde tienes el rodillo?

Hana lo saca del último cajón y se lo entrega.

—No te sulfures; te he preguntado si tienes un vibrador, no una escopeta.

—Vale, vale, sí que tenemos uno. Nos lo compramos hace tiempo, pero por gusto, por hacer la gracia. Mira que los temas que sacas...

Hana deja que Lila extienda la masa con parsimonia. Calienta la salsa de carne picada y tomate, corta la mozzarella en cubitos.

—Quiero comprarme un vibrador —anuncia a la vez que unta el molde con aceite.

—¿Será posible? ¿Podemos hablar de otra cosa? ¿No hay una radio en esta casa?

Lila va montando las capas de masa, salsa y queso, vierte un hilito de aceite de oliva, añade orégano y pimienta negra.

—No entiendo por qué te pones así —insiste Hana.

Lila abre la puerta del horno y se aparta un poco para que no la arrolle la vaharada de calor. Introduce el molde y cierra. Hana se sienta, Lila se queda de pie, desmañada.

—No haces más que quejarte de que no hablo, pero luego mira qué difícil me lo pones.

—Son cosas muy íntimas —alega Lila—, y somos albanesas, hay cosas de las que no se habla.

—Si nos ponemos así, entonces tampoco se deberían hacer esas mismas cosas —bromea Hana.

—En realidad yo nunca... Lo que pasa es que a Shtjefën le gusta probar, dice que tenemos que occidentalizarnos un poco, si no, ¿qué estamos haciendo aquí, sólo trabajar como mulos? Pero ¿para qué necesitas tú un trasto de ésos? Ni siquiera tienes a un hombre.

—Precisamente, ni siquiera tengo a un hombre —repone Hana, afligida—. ¿Tanto te cuesta entenderlo?

Va a coger el vino que ya había descorchado para que se airease, saca dos copas y sirve sólo una. Da un trago. Lila limpia la harina de la mesa, se echa también un dedo de vino, pero no se lo bebe.

—Tengo treinta y cinco años —continúa Hana con un hilo de voz—. ¿Te imaginas acostarte por primera vez con alguien y tener que pedirle que vaya despacito porque eres virgen? ¡A mi edad! Haría el ridículo. No me atrevo ni a pensarlo, no me atrevo siquiera a imaginar la transformación de una amistad en una relación íntima. Por eso ni siquiera lo intento.

Se producen unos segundos de pura vergüenza.

—No consigo hacer el amor conmigo misma —añade—. Estoy desesperada, me siento una enferma. Creía que sería más fácil.

La mirada tierna de Lila se concentra en un punto detrás de Hana.

—Pues claro que no puedes hacer el amor en esas condiciones. Nunca has tenido un orgasmo, Hana. Normalmente, la mujer se familiariza con la masturbación después de haber tenido relaciones completas con una pareja. Necesitas un hombre para ver qué sientes exactamente, si experimentas placer. No te puedes desvirgar tú sola, si es ése el disparate que se te ha metido entre ceja y ceja y por eso me preguntas por el vibrador.

Hana apoya la frente en la mesa.

—Estoy metida en un buen lío.

—Menuda novedad —le recuerda su prima sin atisbo de reproche.

—Estoy hecha polvo.

Lila se levanta y pone orden con gestos lentos. Luego, cuando nota que Hana se ha calmado, se sienta a su lado.

—El hombre con el que te acuestes tendrá que ser especial. O bien te buscas uno sólo para quitarte el apuro de la virginidad, pero debería ser también alguien sensible y atento.

Hana levanta la cabeza.

—Me estás descubriendo el Mediterráneo —dice intentando sonreír—. Igual me toca ir hasta Marte para encontrar a uno así.

—Pero ¿qué bicho te ha picado de pronto? —pregunta Lila asombrada—. Hasta hoy mismo te lo has estado tomando con toda la parsimonia del mundo, has insistido en dedicarles más tiempo a los malditos libros que a ti misma. Si hasta te enfadaste conmigo porque te sentías presionada, ¿y ahora, de repente, te entra el pánico y lo ves todo negro?

Hana se levanta.

—No te preocupes —dice—. Ya se me pasará.

Empieza a sacar los cubiertos y los platos del pequeño aparador; Lila le echa una mano. Forman un buen equipo, sus gestos se complementan y nunca se encuentran incómodas en el exiguo espacio del pisito de Hana.

—Todo irá bien —continúa Hana en tono tranquilizador—. En cuanto empiece en el trabajo nuevo estaré de maravilla.

—El trabajo nuevo no va a obrar milagros, querida.

Hana no le lleva la contraria y durante un momento guardan silencio. Lila enciende la tele y zapea sin encontrar nada que le convenza. El paquete de televisión por cable de Hana es el más básico, paga veintiún dólares al mes, impuestos incluidos, por una treintena de canales, así que nada de HBO ni de cadenas que programen cine de calidad. Al final, Lila deja un documental sobre los supervivientes del 11 de septiembre.

Hana abre el horno para comprobar la cocción del *byrek*, siguiendo por el rabillo del ojo las imágenes de la pantalla.

Aquel día, en la plaza de Rrnajë se oyeron disparos a todo plan para celebrar el compromiso matrimonial de la hija de Frrok. Los hombres habían sacado las sillas de la taberna sin soltar las botellas de *raki*. Las mujeres lucían su ropa de fiesta. Estaban muy guapas con los tocados de colores de los trajes tradicionales; las monedas que colgaban por delante tintineaban en una alegre cacofonía. Hana sintió una punzada dolorosa en la boca del estómago.

Durante las festividades y los funerales, los hombres se reunían por un lado y las mujeres por otro. A Hana le tocaba estar con los hombres; era lo que mandaba el Kanun.

Mientras observaban el desfile de mujeres y niños aquella tarde, los más jóvenes formularon comentarios, con discreción, sin traspasar límites ni caer en la vulgaridad. Luego refrescó y todos se metieron de nuevo en el bar, arrastrando tras ellos tanto las sillas como las botellas de *raki*.

El televisor llevaba un tiempo averiado, las imágenes llegaban sin sonido y con interrupciones frecuentes; a veces funcionaba el color, otras veces emitía en blanco y negro.

Al ver los aviones estamparse contra los rascacielos, Tonin Palushi sentenció que en el ancho mundo las cosas no iban mucho mejor de lo que les iba a ellos. «Hay que ver las ocurrencias de algunos, ¡mira que atravesar el cielo llevándose un edificio por delante!».

Seguro que los pilotos estaban borrachos, comentó alguien, y por eso se habían confundido. Con todo el cielo a su disposición por encima de sus cabezas, ¡y justo van a hocicar allí!

Siguieron bebiendo.

Lul, el camarero, le arreó un par de golpes al aparato en un intento por resucitar el sonido, pero no hubo manera.

Los hombres maldecían. Lul se puso a freír queso, el chisporroteo de la sartén era el único ruido que acompañaba las imágenes.

Aquel día, Hana se preguntó qué estaría haciendo Lila en América en ese preciso instante, y si las torres estarían en la ciudad donde ella vivía. Tonin Palushi añadió que los dos pilotos, por fuerza, debían de ser amigos, no podían no serlo. Los demás se mostraron de acuerdo. Lul sirvió el queso frito con pan y más *raki*.

Sin duda, si los americanos hacían esas cosas, sus buenas razones tendrían, zanjó la discusión Bessian, el del clan Shala.

—¡A la salud de Frrok y de su hija! En Estados Unidos sabrán lo que hacen; a nosotros no nos corresponde preocuparnos por ese país.

Hana recuerda que aquel día, de haber podido, se habría abalanzado a la sala de las mujeres en la *kulla* de Frrok igual que habían chocado los aviones con los rascacielos. Habría irrumpido sin permiso y bajo las miradas perplejas de los hombres. Habría violado sus normas, su reino. Y, en compañía de las mujeres, se habría deshecho en lágrimas.

Saca el *byrek* y lo pone encima de un salvamanteles de corcho. Lila vacila, escudriña a Hana y finalmente dice con decisión:

—Se me ocurre una idea y te la voy a contar, aunque a lo mejor te parezca una estupidez.

El calor del horno acaricia la mejilla izquierda de Hana.

—Te puedes deshacer de la virginidad yendo a un ginecólogo. Si quieres, te llevo a la mía.

Hana sonríe, se rasca la mejilla.

—No hace falta que le cuentes tu vida, simplemente explícale que para ti es un tema delicado, lo entenderá sin necesidad de ahondar en detalles. Para ella es un procedimiento sencillo, técnico, en menos que canta un gallo te libra del apuro. Si así va a ser más fácil para ti...

No les da tiempo a comentar nada más porque llega Shtjefën.

Hana ya no es virgen desde hace ocho días. Quiso ir sola a la ginecóloga, que la trató con mucho tacto, respeto y profesionalidad. No sabe qué le contaría Lila y prefirió no preguntar, pero cuando todo hubo terminado pagó la consulta en metálico y salió sintiéndose en paz, acompañada del «mucha suerte» de la doctora.

En casa la esperaba Lila, ansiosa.

—Gracias —le dijo—, ya está. Y que no se me ocurriera antes... Me siento mejor.

—Me alegro —concluye Lila con su pragmatismo habitual—, ahora sólo te queda dar con un hombre.

7.
PRIMAVERA-VERANO DE 2003

En la librería, el ritmo de trabajo es implacable. Hana siente la necesidad de tomar un café o algo dulce. Esa mañana no ha desayunado y se nota un poco mareada. Por suerte, enseguida acaba el turno y se irá a casa directa a dormir, y a tomar viento la tarde-noche de lectura.

Levanta la cabeza para indicar al siguiente cliente que pase por caja y se topa frente a frente con Patrick O'Connor, que lleva en la mano tres libros y una revista de política. Le entrega la mercancía soltándole un «hola» distraído, pero cuando su mirada y la de Hana se encuentran se concentra, su atención aumenta y se sume en un estado de absoluto desconcierto.

—Hola —sonríe Hana, intentando parecer lo menos alterada posible—. ¿Tiene la tarjeta de fidelidad, señor O'Connor?

Ahora la reconoce. Todavía más confundido, trata de agarrarse a un remedo de sonrisa. Saca la tarjeta de cliente y se la da a Hana, que la pasa por el lector.

—Soy Mark Doda, no se confunde. Ha dado en el clavo.

Él musita algo.

—Ya le dije por teléfono que me vería muy cambiado —dice, tratando de echarle un capote.

El hombre trastea con la cartera y Hana nota que la paraliza la emoción. Pero sigue sonriendo.

—No pensaba que fuese a estar *tan* cambiada —logra decir O'Connor—. Por teléfono fue usted muy vago... digo, vaga...

—No era fácil contárselo todo, me faltó valor por teléfono. Le pido perdón.

O'Connor se ajusta la chaqueta sin necesidad.

—Le pido disculpas otra vez, no era mi intención ponerlo en un brete.

—De todos modos, la he reconocido casi de inmediato —espeta él en un intento por salvarse de la torpeza del momento.

Hana desvía la mirada. La cola de clientes que esperan para pagar es larga, las cajas trabajan a pleno rendimiento. Le entrega la bolsa con los libros y la revista. O'Connor tiene los ojos de un azul profundo, la frente alta, debe de frisar los cincuenta, es de tez clara y complexión atlética.

—No suelo venir nunca por esta zona —añade él. Hana ya está arrepentida de haberlo llamado—. Tenía una cita médica no muy lejos, he venido con tiempo de sobra, y por eso estoy aquí.

—No sé por qué lo llamé. Pero lo hecho, hecho está, ¿no? —dice ella, y con consternación nota que el rubor le sube a las mejillas. Mira de nuevo a los clientes que aguardan.

—Antes que nada, ¿cómo debo llamarla? —pregunta O'Connor—. Y, si no es mucho preguntar, ¿a qué hora sale de trabajar?

—Hana, llámeme Hana. El apellido es el mismo, mi auténtico nombre siempre ha sido Hana Doda. —Vocaliza bien y él le asegura que lo ha entendido—. Es el nombre de pila. En el norte de Albania, Hana significa «luna».

—*Okay, miss Moon* —sonríe O'Connor, más relajado—, me gustaría esperarla, o que quedáramos en otra ocasión, si le parece bien.

—No quiero que se sienta en el compromiso.

—No es ningún compromiso. Si me lo permite, a estas alturas me pica la curiosidad. Muchísimo.

Hana termina el turno veinte minutos más tarde y él le propone esperarla en la cafetería de la librería. Le dedica un ademán con la cabeza y una sonrisa y se aleja. Da zancadas largas y exhibe los hombros rectos de quien sabe disimular sus propios miedos. O quizá no los tenga porque la vida nunca le ha puesto zancadillas. Y ella cometió un error garrafal cuando no colgó en cuanto al otro lado de la línea respondió O'Connor en persona y no el contestador automático de las tentativas previas. Te has metido tú solita en este aprieto y ahora toca apechugar, se dice, y le hace una seña al siguiente cliente para que se acerque.

Media hora más tarde, cuando se sienta frente a él, O'Connor sonríe. Ha tenido algo de tiempo para reflexionar acerca de este extraño encuentro, piensa Hana. También se ha tomado un expreso y ha hojeado el periódico. Cruza los brazos y se apoya en el respaldo. Hana esboza una sonrisa, se encoge de hombros, trata de sostenerle la mirada y él no se da ninguna prisa en reanudar la conversación.

Antes de ir a sentarse con él se ha concedido unos minutos en el aseo. Se ha puesto un poco de colorete. No tiene ojeras, la noche anterior durmió bien. Menos mal que hoy se ha puesto unos vaqueros, le quedan fenomenal. En el fondo, el aire andrógino no le sienta nada mal, se dice. De todos modos será un adefesio, pero ella no está ahí para gustarle —miente—, está ahí para ponerse a prueba a sí misma. Miente de nuevo. Le gustaría dar una impresión magnífica. Le gustaría resultar enigmática y transparente y profunda y peculiar y excepcional. Sin embargo, se queda en insignificante, simplona y sin ningún estilo en el vestir frente a un tipo claramente sofisticado.

—Mire —decide arrancar Hana a falta de otras alternativas—, apiádese de mí y deje de mirarme de esa manera.

Él sigue examinándola como si pretendiera penetrar en su epidermis; eso sí, ahora lo hace con más delicadeza y trata de no aparentar demasiada curiosidad.

—Le pido perdón —responde él—. Es que no sé muy bien cómo comportarme.

—No es fácil tampoco para mí.

—Bien, ¿le parece entonces que nos facilitemos las cosas mutuamente?

—De acuerdo —se decide Hana—. Empiezo yo, ya que ha sido iniciativa mía meterlo en este embrollo. Soy mujer. Desde siempre. No soy ni travesti, ni trans, ni homosexual. Nunca he sido nada de eso. Lo que pasa es que juré convertirme socialmente en hombre, hace dieciséis años, obligada por las circunstancias. Lo contempla el Kanun, el conjunto de leyes consuetudinarias del norte de Albania: una mujer puede transformarse en hombre, renunciando para siempre a la feminidad, si así lo desea, o si el cabeza de familia le asigna ese rol. De modo que soy una «virgen jurada». Así nos llaman. Habrá oído hablar de esta figura, supongo... Como ha investigado sobre los Balcanes y ha estado en Albania... Y, en fin, ésa es mi historia, *grosso modo*. ¿Le importa si me acerco a pedir un café?

O'Connor se levanta de un salto, pero ella es más rápida y con un ademán de la mano lo obliga a sentarse de nuevo. Se incorpora a la cola para pedir y procura respirar con normalidad. Por el rabillo del ojo lo entrevé acomodarse y mirar por la cristalera.

Hana regresa con su expreso doble hirviente y apoya la taza con detenimiento. Se enfrenta a la mirada de O'Connor.

—Me pareció usted bastante extraña cuando nos conocimos —dice él—. Tenía un semblante ambiguo, por no hablar de ese traje masculino tan poco convincente... Pero, claro, tampoco era cuestión de hacerle preguntas demasiado personales.

Ella sorbe el café, cabizbaja.

—Para colmo, en aquel entonces no sabía nada del Kanun, ni de la Albania septentrional en general. Era la primera vez que pisaba su país, ¿se acuerda? Después me informé, leí. Esperaba que me llamase, sentía curiosidad por saber cómo se había establecido aquí en Estados Unidos, pero usted nunca se puso en contacto. Volví a su país hace unos meses. Varios periodistas de Tirana me ayudaron a ampliar conocimientos, y aun así…

Hana sonríe, ya ha terminado el café y no tiene escapatoria.

O'Connor es bien parecido y desenvuelto, tal como ella lo recordaba: un personaje curioso que se interesa por territorios tan absurdos como los Balcanes. Este último pensamiento agrava la mala imagen que Hana tiene de sí misma. Ha llamado al hombre equivocado, se dice, y nota que el pánico la embarga.

—Me avergüenzo de haberlo llamado —reconoce con franqueza—, de haberlo incomodado… Para usted, soy una desconocida.

Él levanta una mano.

—Mejor cuéntame más, y tuteémonos. Si no hubiera querido que dieras señales, no te habría dado la tarjeta de visita. Dejémonos ya de preliminares y disculpas, que no son más que un lastre, ¿no te parece?

—Llevaba meses pensando en llamarte, pero tenía tanto miedo… —admite Hana.

Él sonríe.

—Sólo estamos conversando; tu inglés progresa que da gusto y yo soy todo oídos. ¿Qué más te hace falta para tranquilizarte?

La clientela del bar ha ido menguando y ya casi no se oyen las voces de los camareros anunciando los cafés que van saliendo.

—¿Y si nos vamos de aquí? —propone O'Connor—. Podríamos ir a cenar. Tú me dices dónde nos vemos y...

—He metido la pata —dice Hana—. Quería que me viera alguien que no fuera albanés y que pudiera entender mi historia, pero ahora estoy...

Él se echa a reír.

—Arrepentida. Ya veo.

—Arrepentida, sí.

—Pues no, hiciste bien en llamarme —dice, tratando aún de tranquilizarla—. Pero si no lo ves claro... no te insistiré más. Para mí también es raro, no pasan cosas así todos los días.

Salen del café y de la librería. Hana lo informa de que ese día ha ido a trabajar en autobús porque tiene el coche en el taller para que le cambien el aceite. O'Connor se ofrece a acercarla y ella acepta con tal de no parecer grosera.

—Eso sí, mi piso es muy modesto y me sentiría muy incómoda si te invitara a subir —se apresura a añadir.

O'Connor le asegura que no es su intención incomodarla y vuelve a reír negando con la cabeza, incrédulo y divertido.

Montan en un Chrysler 300M. Circulan en silencio y, cuando llegan a la altura de Halpine, Hana le indica que gire a la derecha.

—Vale —dice en un intento por aparentar confianza—, me ducho, me pongo lo más elegante que tenga y salimos a cenar. ¿Te parece bien a las ocho?

El restaurante donde O'Connor la ha llevado es bonito y sin grandes pretensiones. Sentada frente a él, Hana esboza una sonrisa bobalicona y le ruega que elija también por ella. O'Connor pide dos *prime ribs*, patatas al vapor con crema agria y ensalada verde.

Ella mira por la cristalera. Hace una noche de mayo magnífica y todos los árboles de Washington están en flor. No merece estar allí. No sabe cómo reconciliar esas vistas espléndidas con O'Connor y los duelos que lleva por dentro y de los que no logra desembarazarse.

—No sé por dónde empezar —arranca.

Por primera vez se le pasa por la cabeza que quizá con Jack todo habría sido más fácil. Se lo habría contado todo muy despacio, como si fuera un niño de primaria, y Jack habría dejado escapar un «Nooooo...» de puro estupor. Le habría parecido increíble semejante historia. Habría dicho: «¡Qué fuerte!». Habría dicho: «¿En serio?». Pero ella nunca ha tenido valor de contarle nada, posiblemente porque Jack tiene ya bastantes problemas y es negro y sus mundos son demasiado diferentes. Hana siempre ha temido que su pasado se revelase demasiado inaprensible para él. Aun así, también se siente culpable siempre que piensa en Jack, siempre que lo ve.

Patrick O'Connor sonríe, un tanto impaciente. Ella empieza a hablarle de Gjergj, de Katrina, de sus padres. Vuelve a explicar qué es una virgen jurada, las distintas razones que pueden llevar a una mujer a hacerse hombre y a renunciar a cualquier modalidad de vida en pareja. Y cuando termina sonríe a O'Connor con el semblante más relajado que es capaz de fingir.

El camarero, demasiado charlatán y en exceso cordial, hace un par de bromas estúpidas mientras deja sus platos encima de la mesa.

Ahora es O'Connor el que se muestra pensativo. Corta la carne con gestos lentos. Desea a Hana buen provecho sin mirarla. Cenan en silencio. Ella se come sólo la mitad de las costillas. Las patatas ni las toca. Él en cambio no deja ni una miga, es evidente que tiene apetito.

—Que seas una mujer que se convirtió en hombre... —O'Connor alinea el tenedor y el cuchillo. Hana deja la servilleta junto a su plato y acto seguido la coge de nuevo y se la pone en el regazo—. Es sorprendente... Y me da curiosidad, qué duda cabe. Y tú lo sabes, ¿verdad? De lo contrario, no me habrías llamado. Una virgen jurada... Es fascinante, sí.

Ella intenta sonreír con desparpajo, en vano. La dichosa sinceridad de los americanos, piensa. Es un rasgo que le agrada y que al mismo tiempo la desconcierta.

—Ya me ves, un ejemplo viviente, quizá el único que haya salido jamás del país. Las que quedan siguen aún en Albania.

Se concentra en las manos de Patrick; bronceadas. Le pregunta si hace deporte. Él le habla de un barquito que tiene en copropiedad con un amigo en la bahía de Chesapeake.

Hana se dice que si logra llegar al final de esta cita sin haber acumulado demasiadas meteduras de pata será ya un triunfo. O'Connor empieza a hablar un poco más de sí mismo. Vive solo. Se gana la vida como periodista *freelance* para tres importantes cabeceras de prensa escrita. Posee un apartamentito en Massachusetts Avenue. Su exmujer vive en Ginebra y se llevan bien. No tiene hijos ni ha tenido ninguna relación sentimental desde hace un tiempo. Alega dificultades para crear vínculos duraderos con las mujeres debido a su trabajo, que lo obliga a salir en peregrinación por el mundo. El típico caso de fracaso sentimental, por si eso ayuda a Hana a sentirse más cómoda.

Ella esboza otra sonrisa. Se percata de que también él está alterado y exhala un suspiro de alivio.

Beben. Hasta ahora casi habían olvidado el vino.

—En el avión te tomé por un hombre gay —confiesa O'Connor—. Gracias por confiar en mí.

Ella da un sorbo con cautela.

—Muchas gracias —repite, sincero—. ¡Tendré que leer el Kanun!

Silencio.

—Puedes leer mi historia, si quieres —dice Hana.

O'Connor se afloja la corbata.

—Durante los años que viví como hombre llevé un diario. Aquí lo he reescrito en un inglés muy macarrónico y mi sobrina me lo ha corregido (al menos, una parte) para que sea comprensible.

—¿Has seguido escribiendo poemas desde entonces?

—He estado muy atareada conmigo misma —responde ella con lentitud.

Él levanta los brazos, menea la cabeza, sonríe con candor.

—Qué raro —dice por fin—, yo estaba convencido de haber conocido personas con historias trágicas y únicas... Eso sí, siempre había ido a buscarlas a sus países: Nicaragua, Argentina, Líbano, Pakistán, Bosnia. Ahora, en cambio, estoy aquí contigo y acabo de escuchar una historia absolutamente increíble. Te recorres el mundo entero a la caza de testimonios cuando tienes la joya de la corona a dos pasos de tu casa... Nunca un cliché había sido tan certero.

Medita un momento y a continuación le pregunta por su familia en Rockville y ella le habla de Lila, de Shtjefën y, sobre todo, de Jonida. La retrata con minuciosidad. Comparte también el pavor a gestionar el día a día que sufrió cuando se fue de la casa de sus primos. No era precisamente pan comido para una montañesa que jamás había visto una tarjeta de crédito.

Sigue hablando de Jonida, añadiendo nuevos detalles. Él la escucha con interés. O tal vez haya desarrollado la capacidad de mostrarse interesado mientras su cerebro toma a saber qué derroteros. En el fondo, no deja de ser un periodista, se dice Hana.

—Estoy hablando de más, perdona.

Él le agarra la mano con un gesto tranquilizador, se la aprieta brevemente.

—Perdóname tú —contesta—. Todavía estoy atónito.

Le propone que salgan a estirar las piernas. Hana, apurada, le da a entender que le parece excesivo. No está familiarizada con esa clase de rituales y estaría bien que, por esa noche, la acompañase a casa y se despidieran. Está muy cansada.

O'Connor pide la cuenta con un gesto de la mano. Escudriña a Hana con delicadeza.

—Yo siempre voy paso a paso —añade ella—, no sé si me explico.

—Te llevo a casa. Pero no me digas que no volveremos a vernos. Tengo ganas de hacerte todas las preguntas del mundo.

—Despacio —sonríe Hana—. Necesito tiempo. Además, no espero nada de ti, no persigo una relación de amistad. Con este encuentro ya me daría por satisfecha.

—Si no somos capaces de sacudirnos ese miedo a las obligaciones, apaga y vámonos —dice Patrick—. Lo que te ofrezco no es más que el placer que para mí sería volver a verte, y entenderte mejor. Depende de ti.

Durante el trayecto de vuelta, Hana mira por la ventanilla preguntándose qué hacer con las manos que tiene apoyadas en las piernas. Las cruza sobre el regazo. Lo prefiere así, siente que controla mejor la situación. O'Connor ha enfilado la autopista 270 y por afán de discreción aguarda que sea ella quien hable. No cuenta con que Hana se siente más cómoda en el silencio. La noche sigue siendo hermosa hasta decir basta. Cada edificio le parece de una elegancia sobria, el perfil de los árboles surge equilibrado, en una espera atenta sin borrones.

Se alegra de regresar a su piso. Ahora Rockville es más que su casa, es el refugio perfecto donde contener su sereno desconcierto.

Cada cual está solo en el corazón de la tierra, ella y los árboles y el asfalto quebrantado por los neumáticos de los coches que pasean soledades.

Se separan en el aparcamiento. Hana se percata de que O'Connor le estrecha la mano igual que un año y medio antes, como si se despidiera de un hombre y no de una mujer. Le molesta. Te estás volviendo coqueta, se riñe para sus adentros mientras sube las escaleras.

Pasa la noche en vela. Escucha el silencio mirando fijamente el techo. Sobre las tres de la mañana se levanta y recurre a Nick, el ordenador, que está encendido en *stand by*. Llena con furia una página de pensamientos inconexos y el proceso de escritura le provoca un hormigueo de placer. Le dan ganas de hacer el amor a solas y lo intenta, esta vez sin vergüenza. Se acaricia largo rato hasta que se cansa. No logra alcanzar el placer y tira la toalla. Se recoloca el pijama de verano. Se pide perdón. Apaga a Nick y se mete de nuevo en la cama a esperar el sueño que se niega a llegar.

Al día siguiente, antes de irse a la librería, borra de la pizarra de la cocina el mensaje de LLAMA A PATRICK O'CONNOR! Deja tan sólo el signo de exclamación y sale de casa silbando.

Al cabo de un par de días, Jonida pasa el fin de semana en su casa. Hana le hace un relato detallado de la cena con

O'Connor. La chica lleva un pijama rosa de Victoria's Secret con la palabra HOT bordada en la parte trasera del pantaloncito. La camiseta es naranja y ceñida, con un encaje rosa en los tirantes. Se ha recogido el pelo en dos trenzas como de Pippi Calzaslargas.

Acaban de terminar de comer. Hana ha preparado un plato hindú, arroz basmati con berenjenas; se siente orgullosísima. Está experimentando con la cocina de medio mundo, con resultados a menudo desastrosos. Jonida la arponea con la mirada.

—Venga, sigue contando —le ordena—. No quedaría la cosa ahí, espero.

—Pues claro que quedó ahí. ¿Qué más quieres que te diga? —sonríe Hana.

—En cualquier caso, qué astuta eres, no me habías contado que lo habías llamado.

—Mujer, ¿qué quieres, que anunciara a los cuatro vientos que iba a llamar a Patrick O'Connor?

—Prometimos que no nos ocultaríamos nada —la interrumpe su sobrina—, pero estás cogiendo la misma mala costumbre que mi madre.

—¿Y qué mala costumbre es ésa?

—Pues la de interpretar los pactos como te da la gana.

Hana le retira el plato del arroz y se lo cambia por otro con ensalada. Sirve para las dos. Últimamente se ven menos. Los estudios acaparan la mayor parte del tiempo de Jonida, que tiene una determinación feroz, una voluntad tenaz de apuntar alto en la vida.

Durante semanas y semanas se ausenta del mundo de los tres adultos. Lila lo pasa mal. Shtjefën aún estrecha lazos jugando con ella al baloncesto. Van juntos y cuando vuelven lo hacen riñendo como el perro y el gato. El padre acusa a la hija de ser una negada, Jonida le echa en cara que le falte fuelle y sea incapaz de seguirle el ritmo. Tiene una seguridad en sí misma excepcional para una adolescente, y una insólita mezcla de pragmatismo y sensibilidad.

Hana la observa devorar la ensalada. Un día le preguntó a Lila qué habría sido de Jonida si se hubiese criado en las montañas. Lila contestó sin titubear que su hija se habría metido en un buen lío. Jamás habría aceptado la mentalidad rígida y el asfixiante control social, y menos aún someterse a un hombre. «Se parece a ti, Hana», concluyó.

Todos concluían. Al final de cada frase, un punto. Nadie expresaba abiertamente perplejidad o dudas. Era un rasgo muy americano. A Hana no le gustaba aquella idolatría del vencedor, del que manifiesta excesiva seguridad en sí mismo. Jack compartía su opinión, a pesar de que se dejaba la piel en conquistar una posición social mejor y no paraba de autoproclamarse «un fracasado».

Jack se había echado una novia nueva recientemente. Era una muchacha guapa, taciturna, oriunda de la isla de San Cristóbal, donde seguía viviendo su numerosa familia.

—Pero sólo estamos empezando, *baby*, lo mismo dentro de un tiempo me deja —no paraba de repetirle a

Hana—. De mujeres que dan media vuelta y se piran ya estoy curado de espanto.

Jack la llamaba *baby, honey, friend, cutie.* Sabía que el pasatiempo de Hana era escribir.

—¿Quieres material para una buena historia? —le preguntó un día que estaban en la casa de ella ante un plato de pasta a la boloñesa—. Como te hable de mi familia tendrás para rato.

Hana le contestó que ella ya llevaba por dentro historias como para dos vidas. Él la contradijo, asegurándole que las historias que ella llevaba dentro podían ser duras, pero nada que ver con las de los negros en Estados Unidos.

—Pues sí, la mía es una historia de blancos —se irritó Hana—, ¿y qué?

—Que no es lo mismo, y no puede ser más dramática.

—Ah, ¿ahora esto es una competición sobre quién ha sufrido más?

—Es una manera de verlo, si insistes.

Él había bebido antes de presentarse en casa de Hana. Y bebía en ese momento. Ese día estaba particularmente triste y Hana no se atrevió a preguntarle el motivo.

—Ve a contarle tu historia a alguien que sepa escribir —le dijo en un intento por zanjar el asunto—. Yo vendo y leo libros, pero escribirlos, no.

Jack le recordó que el cuento que se inventó el día del cumpleaños de su hija Taneea había sido precioso.

—¿Por qué no quieres escuchar mi historia? —insistió.

—Te avisaré cuando esté preparada.

—¿Por qué estás tan nerviosa hoy?

—No lo sé.

En realidad lo sabía perfectamente. Jack era una persona generosa; Hana, no. Él sólo conocía a la Hana mujer. Si Hana no llegaba a conocer los secretos de la familia de Jack, le resultaría más fácil no desvelar sus propios demonios.

—Mira que eres dura a veces —la acusó él, tras lo cual salió al balcón rezongando a fumarse un cigarrillo. Al cabo de un rato hicieron las paces.

—¿Cuándo vas a traer un día a cenar a Gabrielle? Así yo también te presento a Lila y a Shtjefën —le propuso Hana—. Podemos dedicarnos a cosas más útiles que contarnos nuestras penas.

Jack la miró como si estuviera viéndola por primera vez.

—El que te entienda que te compre, *cutie*.

Gabrielle, que era enfermera, podría transmitirle a Lila los ánimos y el entusiasmo que a ella le faltaban para convencerse de matricularse en la Escuela de Enfermería. Su prima no quería dar pasos en falso, tenía miedo. Y Hana, hablando con Shtjefën un día, decidió que la ayudaría a tomar una decisión; eso sí, lo haría con tacto y discreción, de modo que ella ni siquiera se diera cuenta.

—Eres una egoísta, Hana Doda —la acusó Jack—, pero te quiero igualmente.

Jonida está de pie, se ha terminado la ensalada y mira a Hana con impaciencia.

—Como sigas haciéndome el gag del mutismo, me voy —anuncia.

—Me he distraído, perdona.

Jonida hace un mohín. Hana también se levanta y se mete las manos en los bolsillos de los pantalones.

—Eres tremenda —protesta con una carcajada—, ¡siempre con las amenazas en la recámara!

—Pero funcionan... Estabas pensando en O'Connor, di la verdad.

Jonida va a la nevera y saca una botella de agua.

—Qué va —responde Hana—, pensaba en tu madre y en su miedo a estudiar Enfermería. Pensaba en Jack. En Patrick no, te lo juro.

—¿Por qué, tiene algo de malo pensar en él?

—No, en absoluto, pero tampoco es que haya mucho en lo que pensar. Sólo es un periodista interesado en los Balcanes que podría haber entendido muchas cosas de mí. Nada más.

Jonida la mira. Se para a reflexionar, se pone seria.

—Ayer se murió la madre de un amigo —dice cambiando de tema—. De un infarto. Nunca antes había tenido problemas de corazón. Cuarenta años. Era un encanto, la vi dos veces en los partidos de baloncesto. Una madre tipo la mía. Ellos son italianos, de Catania. Giovanni, mi amigo, viajará con su padre para enterrarla allí.

Hana murmura un «lo siento mucho» que Jonida ni siquiera oye.

—Total —añade casi con rabia—, que les he dicho a papá y a mamá: «Hay una cosa que jamás debéis hacerme: morir. Bajo ningún concepto».

—Pero qué estás diciendo...

—Y a ti te digo lo mismo —la interrumpe—, porque te meto en el mismo saco. Ni se te ocurra hacerme ninguna jugarreta durante cien años por lo menos. Os quiero aquí.

—Jonida, cielo…

—Y no hay más que hablar.

Se levanta, le da la espalda a Hana y se pone a fregar los platos.

Patrick O'Connor se manifiesta la primera semana de junio, preguntándole sin preámbulos si querría quedar con él en algún sitio.

—He estado esperando a que me llamaras tú, como acordamos, pero, como no lo has hecho, he decidido faltar a mi promesa —explica.

Hana está friendo unas *qofte* y la sartén chisporrotea con alegría. Presa de los nervios, apaga el fuego y empieza a dar vueltas por la casa. De pronto le apetece fumarse un cigarrillo del paquete que, no sabe por qué, conserva en el cajón del aparador. Lo enciende y da una calada profunda que la aturde.

—¿Estás ahí, Hana? —insiste Patrick.

—Conque has decidido perder el tiempo conmigo —ironiza ella escrutándose en el espejo.

Él se ríe.

—¿Nos vemos, entonces? ¿Cuándo?

Hana abre la boca en un gesto de muda emoción, luego se aclara la voz.

—Esta vez preferiría no ir a un restaurante —dice escogiendo cada palabra con cautela—. Al final invitas tú y yo ni siquiera soy capaz de insistir en que dividamos la cuenta. Sería una hipócrita. Mis finanzas son muy...

—Sé sumar dos más dos —la interrumpe O'Connor—, vivo en Estados Unidos desde que nací. Bueno, ¿qué propones?

—Tampoco quiero ir a tu casa.

Sale del pasillo para que el espejo no la ponga más nerviosa.

—Según parece, no hay sitio en el mundo donde charlar un rato tranquilamente —intenta bromear él.

—Si no tienes inconveniente, podrías venir tú a mi casa —sugiere Hana de buenas a primeras; se arrepiente de inmediato.

O'Connor aclara que él tampoco quiere ponerla en un compromiso. Le gustaría mucho verla, pero si cada vez se va a convertir en un drama...

—¿Vienes entonces esta noche? —En su piso se siente protegida—. He hecho comida para un regimiento, no sé muy bien por qué, me he pasado con las cantidades. ¿Tienes hecho el paladar a platos exóticos?

Le haga Patrick las preguntas que le haga, en su casa Hana se siente capaz de afrontarlas.

Se da una ducha sin lavarse el pelo. La víspera estuvo en la peluquería y lo lleva dejando al descubierto las orejas pequeñas y bien delineadas. Incluso se atreve a ponerse un sujetador *push up*. Se viste de blanco, pantalones y camisa de lino. Está guapa y lo sabe.

Discurra la velada como discurra, al menos que no se convierta en un valle de lágrimas, se dice para sus adentros mientras se arregla.

O'Connor emana un perfume oscuro y maléfico que aniquila las defensas de Hana al instante. Le entrega un ramo de flores espléndido y le da dos besos rápidos en las mejillas. La asalta la sensación de que las cosas están yendo demasiado deprisa, pero él sólo está siendo amable, atento y un pelín prudente. Se sienta, sonríe. Se hace un largo silencio cargado de reparo hasta que O'Connor confiesa que ha estado leyendo bastante sobre Albania estas últimas semanas. Ha ojeado todo lo que ha caído en sus manos. También ha encontrado el Kanun.

Hana no sabe qué hacer con la cena, que ya está lista. Patrick extiende los brazos.

—Pero no te preguntaré nada si no quieres.

¿Qué hace en su casa? ¿Por qué él?

—¿Por qué estás aquí, Patrick? —pregunta de repente mirando al suelo—. Es todo tan desequilibrado, tan desigual. Mi manera de ponerme en contacto contigo, mi estado de tensión constante... —Se calla, no sabe cómo seguir.

Hace tiempo que no es capaz de verbalizar sus pensamientos como es debido, y eso la pone furiosa. Es curioso, pero cuando era Mark manejaba mejor las palabras, las sopesaba mentalmente, las admiraba, limándolas, acariciándolas, a veces eliminándolas de su cabeza. Siendo hombre, el silencio era un aliado. En el silencio había esperanza; en los diálogos, a menudo, no. El sonido jugaba en su contra. Una vez salían de su boca, los sentimientos perdían belleza, se desvaían, se volvían diáfanos. La belleza ha pasado a ser un concepto que se le escapa. La belleza, piensa Hana, se quedó atrás, entre las manos de Mark. En el afán por convertirse en la-Hana-mujer está perdiendo algo que le cuesta determinar. La paciencia de Patrick O'Connor se está agotando, se da cuenta.

—¿Y bien, Hana? —la azuza—. Explícate mejor, ¿a qué te refieres?

Ella se arma de valor y levanta de nuevo la mirada.

Le pregunta con brusquedad por qué quiere conocerla mejor.

—Parece que me estés acusando de algo —observa él.

—Sí, estoy a la defensiva.

—Eres desconfiada.

—Perdóname.

Patrick cambia de táctica.

—Tengo hambre, Hana. Se te olvida que me has invitado tú a cenar, yo no te he pedido nada. Si me das de comer, tal vez me sienta más cómodo también yo y después podrás maltratarme a tu antojo.

Ella se echa a reír. Punto a su favor, lo admite. Le explica qué se dispone a ponerle delante. Patrick anuncia que se zamparía hasta una piedra servida encima de una hoja de lechuga. Ha tenido un día de espanto y se ha saltado el almuerzo. La tensión se disipa poco a poco. Hana sirve las viandas. Los platos son color crema. El mantel, de lino verde, combina bien con todo lo demás.

Para el vino se ha dejado aconsejar por el dependiente de la licorería. Es un cabernet de California. Ella no entiende nada de vinos.

Después del brindis comen en silencio. Su invitado arrambla con las *qofte* y la verdura mientras Hana sigue dando sorbitos a su copa. Es maravilloso tenerlo frente a ella. Ahora se siente extrañamente tranquila y poco a poco sus gestos se vuelven más armoniosos, menos espasmódicos que al principio.

—No me atrevo a comentar que está todo exquisito porque me expondría a que me contestes que sólo lo digo por regalarte el oído —bromea Patrick—. ¿Puedo repetir?

Qué listo es, se dice Hana mientras le sirve un poco más. Nota que la cabeza le da vueltas. Cierra los ojos. Está poniendo todo de su parte para dominarse, pero no lo consigue, de modo que más vale aturdirse. Bebe a tragos largos. Aparta su plato y escucha a O'Connor, que le resume sus dos últimas semanas, complicadas porque a un amigo le han diagnosticado un tumor. Ella se toca el pelo sin dejar de beber. Hasta que por fin Patrick se percata. Mira la botella y a continuación la copa de Hana. Él ha bebido poquísimo.

—Quiero que te quedes —le ruega—. Sólo por esta noche. Por ahora —se corrige—. Quienes no contamos con armas para vencer la timidez nos ponemos en ridículo bebiendo. Y yo he bebido.

Él está a punto de decir que no es para nada ridícula, pero deja la frase a medias.

—Fue un error buscarte, Patrick. No tenía ningún derecho a arrastrarte a este caos que es mi vida, estoy muerta de miedo.

Él guarda silencio.

Hana se levanta tambaleándose y abre el cajón del aparador. Por el rabillo del ojo ve que él no la está mirando para no ponerla en un apuro. Se enciende el cigarrillo y da una calada profunda. Se vuelve y le ofrece la cajetilla a su invitado. Si Patrick no vislumbra su mirada empañada, tal vez haya aún esperanza de que consiga recuperar al menos un mínimo de dignidad.

—No debería haber bebido —murmura, sentándose de nuevo—. En el pasado bebía, mucho. Para meterme en mi papel de hombre. Pero tú no puedes entenderlo.

—Ya —replica él con prudencia—. Yo no lo entiendo porque... ¿porque soy estadounidense? ¿Porque soy un hombre? Explícamelo, así quizá consiga comprenderlo.

—Es demasiado para mí. Y lo sería también para ti.

—Vale ya. Tengo cincuenta años y he visto de todo. No me estás arrastrando a ninguna parte, ya te lo he dicho.

—¿Es mera curiosidad? ¿Te parece que has encontrado un animal raro para tu colección?

Hana se interrumpe; tarde.

Pasa el tren de mercancías, que se hace notar por un traqueteo que parece que no va a cesar nunca. Lo has echado todo a perder, se dice Hana. Mejor así.

—Perdóname, Patrick, de verdad.

—¡Mira que te gusta pedir perdón!

—¿Estamos discutiendo?

Hana está pasando la vergüenza de su vida. De pronto se echa a llorar. Agacha la cabeza. O'Connor no se mueve de su silla, es como si no estuviese allí.

Cuando consigue calmarse, se pone de pie trabajosamente. Primero va al baño a lavarse la cara, la seca con la toalla hasta hacerse daño. Arrastrando los pies se mete en el dormitorio y de la mesa donde está el ordenador coge una carpeta voluminosa.

Vuelve a la sala de estar y se la entrega a O'Connor.

—Es lo mínimo que te debo —le dice sin mirarlo—. Aquí está toda mi historia. Cuando termines de leerla, no hace falta que me la devuelvas en persona, me la puedes mandar por correo. Es mi manera de compensarte por el bochorno que te he hecho pasar.

En las semanas siguientes, Hana se concentra en su trabajo de dependienta con tenacidad y determinación. Lila ha entendido que cuanto más espacio le deje, mejor. Jonida está terminando el curso y los exámenes acaparan toda su atención, razón por la cual no le queda tiempo para ir a visitarla.

Hana se pasa las noches frente al televisor cambiando de canal. No es capaz de leer ni de dar sus habituales paseos nocturnos. Y en la feroz voluntad de no pensar se abre paso un único ruego, machacón: que O'Connor no la busque más. Si desaparece para siempre de su vida, estará a salvo.

A finales de junio, sin embargo, recibe una carta en la que Patrick le cuenta que ha leído y releído varias veces, con atención, toda su historia. Sin embargo, añade, no podrá devolverle el libro hasta que no regrese de las repúblicas bálticas, donde estará más de tres semanas. Y no le parece bien mandárselo por correo. De acuerdo, todo apunta a que su relación no está por la labor de discurrir por los cauces habituales, pero él exige, al menos, entregarle el libro personalmente.

No es un libro, contesta Hana. Sólo es mi vida. Sólo es su vida. Los libros son otra cosa.

«Espero de veras verte cuando vuelva», concluye él. «Y si también estas palabras te irritan, te aguantas».

Hana se levanta, deja la carta encima de la mesa, sale al balcón. En la plaza, un ejército de niños grazna en lenguas diversas, con preeminencia del español. Juegan a la pelota y saltan a la comba. Dos jovencísimas madres negras con sendos recién nacidos en brazos supervisan a los hijos mayores, cuya identidad Hana no logra distinguir.

Cuando se ven un mes más tarde, Hana va sin maquillar, aunque una semana antes se ha puesto reflejos en el pelo.

Han acordado dar un paseo junto al Potomac sin necesidad de mucho tira y afloja. Patrick le cuenta su viaje mientras caminan por el sendero de tierra. El río está surcado de barcas y kayaks. Él está recién aterrizado y aún sufre los efectos del cambio horario, pero la conversación se desarrolla sin tensiones. Han transcurrido ocho semanas desde la calamitosa cena. La neutralidad del entorno despeja el ambiente.

Entonces, inesperadamente, Patrick empieza a hacer preguntas sobre Albania, sobre las montañas, sobre los derechos de las mujeres según el Kanun, sobre el periodo de la dictadura. Ella contesta con diligencia, sin escatimar en detalles.

Se detienen junto a un banco, toman asiento, disfrutan de la naturaleza y de la presencia de los washingtonianos que han salido a tomar el aire.

—¿Por qué lo hiciste, Hana? —pregunta Patrick por fin—. Entre tus apuntes falta un porqué. Por lo que me ha parecido entender, tu tío jamás te habría casado por la fuerza. Lo que escribes sobre él no explica el motivo de fondo que te llevó a tomar una decisión tan extrema.

Ella lo mira a los ojos y responde con parsimonia, sin miedo a sonar categórica. Su gesto valió para honrar a Gjergj Doda, prolongó su vida un par de meses más. Si la hubiera entregado como esposa, Gjergj habría muerto siendo un hombre triste, consciente de haber hecho algo que Hana aborrecía. Y si ella lo hubiera desobedecido, Gjergj Doda habría perdido su prestigio en las montañas. Con Hana convertida en hombre, Gjergj murió colmado de un orgullo desmedido.

Fue un gesto de amor, acaso una ilusión, de acuerdo. Hana niega con la cabeza y esboza una sonrisa. Al principio se sintió como un personaje dramático, como la heroína —más bien el héroe— de una novela popular.

Y cuando esa sensación pasó, ya era demasiado tarde. Ahora bien, ¿qué sentido tenía arrepentirse allá arriba?

Dirige la mirada hacia dos ardillas que se disputan una bellota. Patrick asimila lentamente las últimas palabras. Luego le coge la mano y la acerca a él con naturalidad. Hana apoya la cabeza en su hombro.

—Bienvenida a mi vida, Hana —musita Patrick—. Tome el rumbo que tome nuestra amistad, ya estás en ella, y eres muy bienvenida.

No se dicen nada más. Patrick la acompaña a su casa. En el coche ella va callada y mira la carretera, igual que la vez anterior.

En el portal de casa, Patrick le da un beso en el pelo y se va.

Hana se queda inmóvil mucho rato. Hace examen de conciencia, nostálgica y satisfecha. Se reencuentra con la Hana de las últimas horas de vida de Gjergj Doda, la noche que desde entonces ha tratado de olvidar, de suprimir.

Durante cuatro días no le soltó la mano al moribundo.

—Se está apagando, está ya más muerto que vivo, ¿no lo ves? —le dijo un médico que había ido desde la ciudad—. Déjalo marchar. Si lo dejas, esta noche se irá.

Gjergj había resistido cuatro días más, agarrado a la mano de Hana. Era la mano lo que resistía, no él. Él se habría dado por vencido antes, pero su mano, no.

Cuando sus dedos se aflojaron y enfriaron, Hana comprendió que había llegado el momento de pensar en las honras fúnebres. No lo miró a la cara, no en ese instante.

Se levantó y fue al baño. Hacía tres horas que le reventaba la vejiga, pero no se había atrevido a separarse de él.

Se acuclilló por encima del inodoro turco y se alivió sin dejar de mirar fijamente la pared de enfrente. En la esquina había una mancha de moho antigua, cuando era pequeña jugaba a ver en ella hombres y animales, igual que si fuese una nube.

Pasó revista a las habitaciones de la *kulla* una por una para cerciorarse de que todo estuviera en orden.

Regresó junto a Gjergj, lo miró. Le dio un beso en la frente: aunque los ojos estaban cerrados, no había adquirido aún el color de la muerte. En breve empezaría a ponerse lívido. O eso decían.

Ahora eres libre, Hana, se dijo. Estás condenada.

Eran las cinco de la mañana. Mark descolgó la escopeta de la pared y salió de la *kulla*. Disparó al aire para anunciar la muerte.

A lo largo de los días siguientes, reflexiona en profundidad acerca del paseo con Patrick junto al Potomac. Ha conseguido crear y sostener un diálogo más o menos normal con un hombre, y la consideración que él le inspira se ha convertido en una singular sensación de confianza en sí misma.

Al fin y al cabo, lleva un año y medio largo viviendo en Estados Unidos y ha conseguido salir adelante. No ha tenido, ni tiene todavía, la capacidad ni la ambición de comprender, eso es harina de otro costal. Juntar todas las piezas del rompecabezas que es su vida, ése había sido su objetivo. Mientras saborea sus cenas solitarias piensa con cierta coquetería en la envergadura del proyecto. Lo ha conseguido.

No le han faltado cojones, de hecho aún le duelen del empeño. Sonríe ante su propia ocurrencia. Ha llegado hasta ahí, sin ayuda. Eso es lo que cuenta. Lo demás, el mundo, puede esperar. Ella es Hana, la de las anécdotas insignificantes y las faldas torcidas. El mundo puede esperar. Despacito y buena letra.

Se siente pletórica, brilla sin haber bebido, loca y sabia. Incluso le da por canturrear, deambula por el apartamentito con un ridículo paso marcial.

«Venga, contrólate», se dice en voz alta, «y aparca un rato la vanidad. Ten un poco de sensatez».

Se ve a sí misma desde fuera, con mucha severidad.

«Actúa como una persona normal».

Nueve días más tarde, Patrick vuelve a llamarla. Deciden que se verán esa noche. Es lunes. Le toca turno de mañana, así que cuenta con tiempo de sobra para prepararse. Desea mostrarse ecuánime y digna, quiere que él note claramente que algo ha cambiado.

Al fin y al cabo, incluso esta relación aparentemente extraña tiene sus razones, intenta convencerse. Que ella lo hubiera buscado y que él hubiera estado dispuesto a escucharla no había sido ningún milagro. La gente todavía se cuenta historias, por suerte. Y por suerte ocurre que algunos siguen confiando en su prójimo, y que esa confianza no se ve defraudada. Por lo tanto —se conciencia

Hana—, sea lo que sea lo que Patrick diga ese lunes, no logrará perturbar su recién descubierta serenidad.

Ha llegado también el momento de explicarle a Lila el motivo por el que ha estado evitándola estas últimas semanas. La llama. Cuando oye su voz, su prima se muestra contenta.

—Te daba ya por perdida. Si supieras lo mucho que te he echado de menos y la de cosas que han pasado… ¡Un montón! De todos modos, esta tarde pensaba ir a verte, no podía esperar más.

Hana le comunica que no la habría encontrado en casa y que por eso lo mejor era que le contara enseguida todo a grandes rasgos. Lila es un torrente de palabras. En el hospital donde limpia le han dicho que podrían ayudarla: se han ofrecido a financiar parte de los estudios para ser enfermera, con la condición de que cumpla con todos los requisitos, por supuesto.

—Total, que me toca rellenar un cerro de formularios —concluye, emocionadísima.

Hana se felicita.

—Ya te dije que habría alguna solución.

—Según el jefe de personal tengo muchísimas posibilidades —sigue exclamando Lila—. ¿Seguro que es imposible vernos hoy? No puedo contártelo todo por teléfono.

Hana confiesa que va a salir a cenar con un hombre. Lila se sume en una especie de mutismo.

—¿Qué? —la azuza Hana—. ¿Qué pasa?

—¿Un hombre?

—No voy a salir con un mono, ¿no?

Se echa a reír. Lila la avasalla con preguntas que no le dan tregua. Para ahorrarse tiempo y quebraderos de cabeza, Hana pronuncia el nombre de Patrick.

—Pero ¡si es el de la tarjeta de visita! ¡El periodista!

—El mismo, sí.

—¿Cuándo habéis quedado?

—Hace unas pocas semanas.

—¿Cuánto es unas pocas?

—Hace un par de meses.

—Qué mala eres, Hana Doda, eres un auténtico...

Hana cuelga el auricular antes de que a Lila le dé un patatús. Y desconecta el teléfono.

Patrick la abraza con una ternura desapegada. Junta las manos, se las retuerce, pero no lo está pasando mal, se percata Hana; sólo está buscando el tono más apropiado.

Le dice que le gustaría verla de vez en cuando, quedar sin estrés de por medio. Le gustaría pasar tiempo con Hana, todo el que ella quiera. La mar de sencillo. Entablar una amistad sin la angustia de que exista un desequilibrio entre ambos.

Ella calla, lo mira fijamente.

—¿Qué me dices? —ríe él—. No irás a tardar semanas en contestar, ¿no? Sólo quiero simplificar un poco las cosas. Ni siquiera ando buscando una aventura extravagante con una mujer, porque tú no eres así.

A Hana le cuesta armar la respuesta adecuada. De nuevo se siente presa del pánico y se lo confiesa. Lo que dice

Patrick tiene todo el sentido del mundo, por eso durante los próximos días se devanará los sesos para adivinar dónde está la trampa. No está acostumbrada. No cree en el hombre perfecto. Ni siquiera en los de las novelas.

—¿Cuántas mujeres en este mundo…? —Deja la pregunta en suspenso, y continúa casi con amargura—: Algo malo debes de tener, tan perfecto no puedes ser. Es algo que me irrita y me da miedo.

Patrick se ríe. Y la carcajada la ayuda.

—Hana —protesta él—, no soy un desesperado, ¡no es mi intención tenderte ninguna trampa! Defectos tengo a montones. ¿Perfecto, yo? ¡Anda ya!

Hana confiesa que está asustada. Antes de que él llegara, y en los últimos días, estaba tranquila. Ahora, en cambio, se nota soliviantada, por eso lo mejor es que se quede callada, si no, soltará alguna estupidez. Él la mira fijamente, divertido aún pero con creciente incredulidad.

—Dime la verdad —ruega él—, lo que pasa es que te has arrepentido de todo, ¿verdad que sí?

—No es una cuestión de arrepentimiento o convicción. Es sólo que sé que así no vamos a ninguna parte. Los malentendidos, los engaños… No. Así no vamos bien.

Patrick se levanta, sin prisa. No la mira. Ella casi echa a correr tras él. En la puerta experimenta la súbita necesidad de acurrucarse contra su cuerpo, pero no deja que se le note. Patrick se permite darle un beso en la frente mientras ella lo besa por todo el cuerpo con el pensamiento.

—Lo siento, Patrick, otra vez lo he estropeado todo.

Él está ya en el rellano, niega con la cabeza sin volverse. Hace un gesto de despedida y desaparece escaleras abajo.

Ha dejado un ramo de flores.

Estás condenada, se dice Hana, nunca aprenderás, estás de mierda hasta el cuello, echada a perder para siempre. Él te propone una mera amistad y tú te comportas como si estuviese en juego la eternidad. Has quedado como una imbécil, aún peor que la otra vez, cuando el vino y todo lo demás. ¿Qué quieres de él?

La pregunta es peliaguda y decide concederse una tregua por esta noche, porque conoce la respuesta; y la cubre de vergüenza.

Marca el número de Lila. Si se queda cavilando a solas acabará por perder la razón.

—Lila, me gusta demasiado ese hombre.

—¿Y dónde está?

—Lo he espantado. Lo he estropeado todo.

—¡Estás loca! ¿No ibais a salir a cenar? ¿Por qué has hecho eso?

—Porque habla con demasiada sensatez. Ven a mi casa, lo necesito.

Dos meses más tarde, a primeros de un septiembre aún caluroso, Hana se arma de valor y se pone en contacto con Patrick.

Necesita pedirle perdón, le dice, quiere que él la perdone. Le sugiere que se vean en un pequeño restaurante que hay en el canal, en Georgetown, si le apetece y tiene tiempo.

Él —va andando por la calle y pide perdón a otro transeúnte contra el que acaba de chocar— responde que sus disculpas ya están aceptadas, pero que sobre lo demás tiene sus dudas.

—¿Qué más podemos decirnos?

Ella aguarda. Él no añade nada más.

El bofetón hace daño. Lo encaja. Y dice:

—¿Patrick?

—Sí.

—Por favor.

Silencio.

—Esta tarde estoy libre —dice atropelladamente—, espero que te venga bien, porque pasado mañana me marcho de la ciudad y estaré fuera un tiempo.

Le da las gracias procurando no delatar su alegría. Será ella quien vaya a buscarlo con su cochecito ridículo, así no tendrá nada más que temer porque de esa manera él lo habrá visto ya todo de ella.

—Ojalá fuera verdad eso... De acuerdo. —Hana intuye su sonrisa y se lo imagina meneando la cabeza con una impaciencia jovial.

—E invito yo —añade.

—¿Alguna condición más?

El restaurante que Hana escogió hace tiempo es bonito. Prefieren una mesa en la terraza a la sala climatizada. Los altavoces emiten una música celta balsámica.

Piden unas vieiras que llegan dispuestas en un lecho de densa salsa blanca.

—Bueno —arranca Hana—. Te pido perdón por todas las veces que te he puesto entre la espada y la pared con mis preguntas, por mis recelos, por mis dudas.

O'Connor no contesta. Está bronceado, observa ella; habrá estado en el barco.

Otra pareja se instala en la mesa de al lado. Patrick escudriña a Hana con ternura.

—No hacemos otra cosa que dar explicaciones, reflexionar y discutir. ¿Y si nos permitiéramos un tono menos grave? ¿Y si habláramos de otra cosa?

Hana le señala que ella encarna todo lo opuesto al tipo de mujer que a él le gusta. Y cómo demonios es esa mujer, quiere saber Patrick.

—Guapa, culta, elegante. Una mujer que sabe comportarse.

Él permanece impasible. Hana decide concentrarse en su plato y comer. Da las gracias al molusco indefenso ahogado en la salsa, que está exquisita.

Sabe estar en silencio. Sabe no morir. Sabe amar. Sabe escribir. Ha descubierto que sabe escribir. Pero no sabe hacer el amor. Y no sabe odiar. Ahora sabe todas estas cosas sobre sí misma. Sabe también que no puede seguir por ese camino. Le expone todo esto a Patrick con una calma inaudita.

—Hay asuntos de los que tú y yo no podemos hablar, y... —Se interrumpe.

—Se te olvida que me he aprendido tu historia de memoria —la tranquiliza él—. Está todo escrito en tus páginas.

Patrick junta las manos y apoya la barbilla en ellas.

—Así que vámonos a hacer el amor —añade con toda la naturalidad—. Acabémonos estas benditas vieiras. Pagas tú la cuenta, ya que tanto insistes. Y nos vamos. Nadie nos lo impide. Sin miedo. No te estoy pidiendo ni matrimonio, ni que tengamos hijos, ni un compromiso eterno. Los amigos se echan una mano. Probemos a hacer el amor, si te apetece. Empieza por ahí y luego ves qué ocurre con tu vida.

Ella se ha ruborizado. Intenta sonreírle a Patrick y lo consigue, sin sentirse incómoda.

—Supongo que no es muy normal acostarse con amigos —observa, temerosa de volver a echarlo todo a perder.

—Entre nosotros nada es normal, ¿no te parece? —la socorre él—. Reconócelo, Hana, ¿por qué íbamos a prolongar este tira y afloja infinito sólo por una amistad? Hay algo más. ¿Queremos averiguar lo que es? Decídete, entonces. ¿Tenemos intención de quedarnos aquí toda la noche haciendo un análisis o nos vamos? Yo también llevo mucho tiempo sin hacer el amor, para tu información.

—¿Y eso?

Patrick no contesta. Antes de abandonar el restaurante se terminan el vino con una prisa silenciosa.

—El baño está al fondo a la izquierda, si quieres ir.

Hana entra en un espacio inmenso. No mira a su alrededor, se concentra únicamente en el espejo, que le devuelve la imagen de sí misma vestida de rojo, con una falda ceñida de tela ligera. Sale sin tan siquiera lavarse la cara, que le arde. Cuando llega al salón, Patrick ha encendido sólo una lamparita y un montón de velas.

La invita a sentarse en el sofá y la abraza. Luego le da un beso en la frente.

Las manos se deslizan por sus pechos lentamente pero sin detenerse. Pasan de largo, llegan hasta sus caderas y allí se quedan. Hana tarda un poco en dejarse llevar. Él sigue acariciándola y besándola mientras ella lucha por averiguar si le está gustando. Tiene un miedo cerval a corresponder a las caricias de Patrick; se aferra a las sábanas y se siente más segura.

—No te estás ahogando —susurra él.

Intuye que Hana no siente gran cosa y se coloca más abajo, acerca la boca a su sexo. Lo besa durante mucho rato. Hana hace todo lo que ha visto hacer en las películas, con la diferencia de que ahora adivina el placer, lo percibe. Patrick vuelve a ponerse encima y deja que su cuerpo se adhiera al de Hana. La penetra sólo cuando se ha cerciorado de que está preparada. Se abre paso despacio, está completamente dentro de ella.

Sigue besándola, acalorado y relajado, contento. La atrae hacia sí, sobre su hombro, apoyándose contra el cabecero de la cama.

—Llevaba un año sin hacer el amor.

—Y yo me he liberado de... eso —dice Hana con estupor, oliendo la piel de Patrick, preguntándose qué ocurrirá de ahora en adelante. Él la envuelve aún más en su abrazo.

—¿Y? —le pregunta—. Nos hemos liberado de eso los dos. ¿Estás contenta?

—¿Cómo es que no has hecho el amor en un año?

Él le da un beso en la sien.

—Otro día te lo cuento, ¿vale?

Silencio.

—Pero no he tenido un orgasmo…

—Llegará. La próxima vez le pondremos más empeño.

—No debería requerir empeño —observa Hana arrugando la nariz.

—No, tienes toda la razón.

—Patrick.

—Qué.

—¿A ti te ha gustado?

—Yo diría que sí, mucho.

—Júramelo.

—¡Hablas por los codos! —Ríe Patrick sin soltar a Hana, que en ese abrazo se siente incómoda. Trata de liberarse—. Quédate aquí —le susurra—. No hay prisa. No hay ninguna prisa.

Y se rinde al sueño.

Espera a que la respiración de Patrick se vuelva profunda para salir de la cama. Se viste y sale del piso.

Conduce hasta su casa muy concentrada, fumando el cigarrillo que desde hace un tiempo tiene reservado para la ocasión.

La noche es un páramo extrañamente fatigado. No como ella. Se siente espabilada, y en cuanto llegue a casa se fumará otro cigarro. Ahora sabe que tiene mucha vida por delante, pase lo que pase a partir de entonces. Y antes de que se haga de día dormirá. Antes de que se haga de nuevo el miedo. Pero al miedo no lo teme; si acaso, lo odia, pero sólo un poco.

Ha sentido su cuerpo reaccionar, lo ha sentido vibrar.

—Bienvenido, cuerpo idiota —dice en voz alta.

Tira la colilla fuera.

Es hermoso saber que no hay por qué morir.

GLOSARIO DE TÉRMINOS EN ALBANÉS

bajraktar – Literalmente, jefe del *bajrak*, «bandera», división administrativa territorial que existe en ciertas regiones de Albania. En origen eran unidades militares y se regían según las normas del Kanun.

byrek (pl. *byrekë*) – Empanada de masa filo rellena casi siempre de carne picada y condimentada, o espinacas con queso o puerro. Se vende en puestos callejeros, en confiterías, y es también un imprescindible de la gastronomía casera.

Kanun – Así se llama el código de leyes consuetudinarias que desde el siglo xv rigió las zonas más aisladas y rurales del norte de Albania. De transmisión oral, el Kanun regulaba todos los aspectos de la vida de los montañeses, desde la organización económica del hogar hasta la hospitalidad con los forasteros, pasando por el matrimonio, el establecimiento y mantenimiento de las lindes de las propiedades y, sobre todo, el honor personal y del clan familiar.

ku ku moj nanë – Literalmente, «dónde, dónde, madre mía».

kulla – Vivienda de dos o tres plantas de las áreas rurales del norte, construida en piedra. Tiene aires de torre defensiva (muros gruesos, ventanas que recuerdan a aspilleras). Está muy vinculada a formas de vida tradicionales, fieles al Kanun.

malok (pl. *malokë*) – Montañés. En su acepción más despectiva: paleto, cateto.

petulla – La versión albanesa de los buñuelos. La masa, a base de harina, huevos, leche y levadura, se fríe formando pelotitas que se sirven acompañadas de miel, azúcar, mermelada, queso o fruta.

qeleshe – Gorro tradicional masculino. Es siempre blanco, con forma de casquete, y se confecciona con lana de oveja.

qofte – Especie de albóndigas de carne picada de cordero o ternera aderezada con hierbas y especias, huevo batido y cebolla picada. Se fríen o se asan al horno.

raki – Aguardiente patrio por antonomasia. El más habitual es el de uva, pero también se destila a partir de pasas, ciruelas o moras.

shilte – Cojines y colchoncillos de distintos tamaños que se extienden en torno al fogón del hogar o en la sala donde se reciben visitas, en poyos o directamente en el suelo.

Tungjatë (bre burrë) – Saludo común, más habitual en las zonas rurales del norte del país. «¡Larga vida, hombre!». En origen, *tu ngjattë jeta* significa textualmente «que tu vida sea larga».

xhezve – Cazo de latón o cobre con mango largo que se emplea para preparar café turco.

Virgen jurada es el centésimo séptimo libro de la colección El Pasaje de los Panoramas. Compuesto en tipos Dante, se terminó de imprimir en los talleres de KADMOS por cuenta de ERRATA NATURAE EDITORES en marzo de 2025, unos catorce siglos después de que Clito de Iliria, como líder de la revuelta de su pueblo contra las huestes de Alejandro Magno, ordenara el sacrificio ritual de una joven virgen y tres carneros para asegurarse el apoyo de sus dioses antes de la crucial batalla: pero sucedió que al poco de recibir de manos de los sacerdotes de Bendis la planta sagrada que debía confinarla en el Reino de los Muertos, la muchacha, para sorpresa y terror de todos los presentes, regresó del otro mundo afirmando haber recibido de varias divinidades con rostros animales el secreto para atraer la lluvia, desviar el curso de los ríos y predecir el futuro, añadiendo a continuación que los ilirios perderían la batalla, por lo que fue ejecutada al instante, sin que aquel acto cruel e inútil sirviera para revocar la verdad que demostró albergar su profecía.